LA COURONNE DE SANTINA

Scandales et passions au sein d'une principauté

Un scandaleux mariage

Alessandro. Allegra. Il est appelé à régner un jour. Elle est la plus célèbre des jet-setteuses. Leur histoire d'amour défraie la chronique, et leur mariage scandalise le gotha.

Deux clans que tout sépare…

Les Santina. Les Jackson. Les premiers, fiers de leur lignée, sont issus de la plus haute aristocratie. Les seconds appartiennent au monde des affaires et du luxe. A priori, ils n'ont rien en commun.

… liés par la passion

Ils sont pourtant prêts à renoncer à tous leurs privilèges … par amour!

D1081092

La Tribune de Santina

Mariage et scandales à la principauté

A peine annoncées, les noces princières d'Alessandro et Allegra créent la polémique !

Depuis la publication officielle des bans du mariage qui unira Son Altesse Royale le prince Allessandro à la sublime Allegra Jackson, la principauté de Santina est devenue le centre du monde. Tous les médias de la planète ont accouru sur l'île de Santa Maria où se tiendront les festivités, pour assister à ce qui s'annonce comme l'événement de la décennie, voire du siècle ! Mais tandis que des messages de félicitations affluent de tous les continents et que les sujets de la Couronne se réjouissent de ce conte de fées contemporain, de mauvaises langues, au sein même du gotha, s'élèvent déjà pour dénoncer une mésalliance – fustigeant le clan Jackson, la famille de la future princesse, dont les frasques ont maintes fois fait la une de la presse à sensation. Une source proche des Santina prétend que des dissensions sont déjà apparues entre certains membres des deux familles, et souligne l'impossible conciliation entre les valeurs aristocratiques de notre prince et les origines roturières de sa promise. Ces critiques au vitriol réussiront-elles à assombrir le bonheur des fiancés ? Ou pire, les feront-elles renoncer à leur engagement ? Nous le saurons très vite...

Scandale pour une princesse

LES SANTINA

Eduardo Santina —— Zoe Thetis

Alessandro Santina (1979)

Matteo Santina (1982)

Natalia Santina (1985)

Carlotta Santina (1985) ◇◇◇◇◇◇ Luca (2007)

Sophia Santina (1991)

Mariage légal
Liaison
Enfants
Enfants illégitimes

LES JACKSON

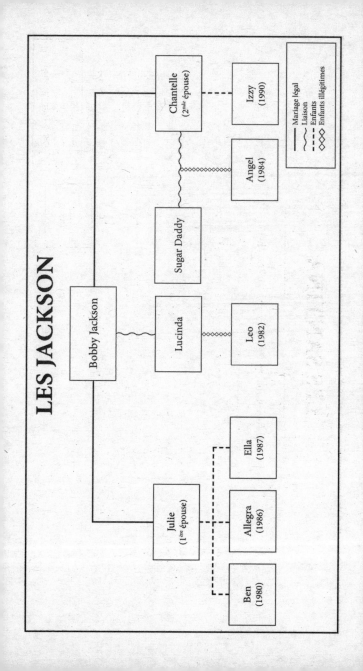

Légende :
- Mariage légal
- Liaison
- Enfants
- Enfants illégitimes

Bobby Jackson

- **Julie** (1ère épouse)
  - Ben (1980)
  - Allegra (1986)
  - Ella (1987)

- **Lucinda**
  - Leo (1982)

- **Sugar Daddy**

- **Chantelle** (2nde épouse)
  - Angel (1984)
  - Izzy (1990)

PENNY JORDAN

Scandale
pour une princesse

collection *Azur*

éditions HARLEQUIN

Collection : Azur

Cet ouvrage a été publié en langue anglaise
sous le titre :
THE PRICE OF ROYAL DUTY

Traduction française de
LOUISE LAMBERSON

HARLEQUIN®
est une marque déposée par le Groupe Harlequin
Azur® est une marque déposée par Harlequin S.A.

*Toute représentation ou reproduction, par quelque procédé que ce soit, constituerait
une contrefaçon sanctionnée par les articles 425 et suivants du Code pénal.*
© 2012, Harlequin Books S.A. © 2013, Traduction française : Harlequin S.A.
83-85, boulevard Vincent-Auriol, 75646 PARIS CEDEX 13.

Service Lectrices — Tél. : 01 45 82 47 47
www.harlequin.fr
ISBN 978-2-2802-7918-5 — ISSN 0993-4448

1.

— *Ash…*, murmura Sophia en contemplant la haute silhouette qui lui tournait le dos.

Elle l'aurait reconnu n'importe où, songea-t-elle en le voyant refuser une coupe de champagne : ce geste de la tête n'appartenait qu'à lui, ainsi que ces épais cheveux noirs et brillants bouclant sur la nuque… Les souvenirs surgirent à son esprit avec une vivacité extraordinaire, mais elle les repoussa aussitôt.

Seuls les imbéciles croyaient que le premier amour était le seul. Ash avait détruit celui qu'elle lui avait offert, il l'avait rejetée en disant qu'elle n'était qu'une enfant. Il avait même ajouté qu'elle avait de la chance que son sens de l'honneur lui interdise de prendre ce qu'elle lui offrait avec une telle naïveté. Puis il avait précisé que, même si elle avait été plus âgée, il ne l'aurait pas touchée parce qu'il était fiancé avec une autre.

A la suite de cette cruelle expérience, Sophia s'était juré de ne donner son amour qu'à un homme digne de le recevoir. Un homme qui l'aimerait autant qu'elle l'aimerait. Et c'était justement pour respecter cette promesse qu'elle avait maintenant besoin de l'aide de Ash, même si son amour-propre se rebellait contre ce projet.

Sophia reposa le verre où elle avait à peine posé les lèvres avant de s'avancer vers Ash.

Après avoir refusé de nouveau le champagne qu'un serviteur lui offrait, Ashok Achari, maharajah de Nailpur, contempla les valets en livrée, immobiles de chaque côté des portes grandes ouvertes de la salle de réception du palais Santina.

A son arrivée, il avait été accueilli par des hommes appartenant à la garde personnelle du roi, en uniforme de cérémonie aux couleurs de la famille Santina. Dès que la limousine venue le chercher à l'aéroport avait ralenti devant l'entrée principale du palais, ils l'avaient salué avec toute la pompe requise.

Manifestement, aucune dépense n'avait été épargnée pour célébrer les fiançailles du fils aîné et héritier du roi.

Les invités se pressaient autour de Ash, bavardant et riant avec leurs pairs. Ash et Alex, qui avaient tous deux fréquenté le même prestigieux établissement scolaire, étaient restés proches. Toutefois, si Ash avait accepté de s'éloigner de ses affaires pour honorer cette invitation, c'était uniquement par sens du devoir et non par convenance personnelle.

Néanmoins, comme il avait un rendez-vous important le lendemain matin à Bombay, il avait demandé à son pilote de se tenir prêt à décoller dès minuit.

Soudain, une sensation étrange lui parcourut la nuque. Se retournant, il vit une ravissante brune se diriger vers lui.

Sophia… L'adolescente de leur dernière rencontre était devenue une femme à présent, constata-t-il tandis qu'elle s'approchait d'une démarche chaloupée. De toute évidence, elle était consciente de la sensualité qu'elle dégageait…

Choqué et pris au dépourvu, Ash se rendit compte que sa virilité ne restait pas insensible à la proximité de la jeune femme. Ce constat lui déplut fortement : il ne se permettait jamais ce genre d'égarement. Par ailleurs, la simple idée d'être sensible au charme de Sophia était risible. En effet, elle n'était pas du tout son genre.

Dans ce cas, pourquoi son corps réagissait-il aussi vivement à son approche ?

Il ne s'agissait que d'une défaillance momentanée, trancha Ash. Sophia était une femme, il était un homme et cela faisait un moment qu'il avait congédié sa dernière maîtresse. S'il était excité par la présence de Sophia, c'était donc par un réflexe purement naturel, biologique.

Après tout, avec ses longs cheveux bruns ondulant sur ses épaules dénudées, la beauté stupéfiante de son visage ovale, ses yeux de velours sombre et ses lèvres pleines — sans parler de ses courbes voluptueuses —, la benjamine de la famille royale de Santina aurait exercé un attrait irrésistible sur tout homme digne de ce nom.

Aussi Ash aurait-il été stupide d'accorder de l'importance aux réactions inopportunes de sa libido. En outre, les femmes ne l'intéressaient vraiment pas pour l'instant, Sophia Santina moins que toute autre.

Cependant, il ne pouvait nier qu'elle l'attirait, en dépit du contrôle farouche qu'il tentait d'imposer à sa virilité.

Dans quelques secondes, Sophia allait se jeter dans ses bras, comme elle l'avait fait autrefois. Et alors…

Le désir fusa en lui avec une telle violence que Ash retint un juron. En effet, il se targuait de dominer ses appétits — quelle qu'en soit la nature…

Peu importait que Sophia soit désirable et, à en croire les ragots de la presse, *disponible* dès qu'un homme avait l'heur de lui plaire ! Ash n'avait pas l'intention de se laisser impressionner par cette femme.

Et puis, se répéta-t-il, elle n'était pas son genre. Après la mort de son épouse, il n'avait fréquenté que des créatures sophistiquées, expertes au lit, mais gardant la tête froide et fuyant les émotions. Des femmes qui, lorsque le jeu était fini, acceptaient avec grâce le présent généreux qu'il leur offrait et sortaient de son existence aussi discrètement qu'elles y étaient entrées.

Sophia n'avait rien de commun avec elles. Pour l'avoir vue grandir, Ash savait qu'elle était d'une nature passionnée. S'il voulait l'emmener dans son lit, il devrait... Ash ordonna à son corps de se calmer. Il n'était pas question que Sophia partage son lit. Ni maintenant ni jamais !

— Bonjour, Ash...

Sophia se figea. A sa grande stupeur, alors qu'elle s'apprêtait à l'embrasser, il lui saisit le poignet pour la repousser et recula d'un pas.

Comment avait-elle pu se montrer aussi stupide ? Elle aurait dû s'attendre à son rejet, comme autrefois. Trop avide d'obtenir son aide, elle venait de se mettre dans une position vulnérable.

Pourtant, elle avait juste voulu le saluer, comme elle l'aurait fait avec n'importe quel ami. D'autant qu'elle connaissait Ash depuis son enfance.

Sophia réprima la protestation qui lui était montée aux lèvres. Ce n'était pas le moment de s'opposer à lui, même si elle se sentait blessée qu'il ait mal interprété son geste.

Immobile devant lui, elle le regarda et sentit la tristesse lui nouer la gorge. Il avait tellement changé... Le Ash dont elle se souvenait était un jeune homme chaleureux, ouvert, qui riait volontiers et profitait de la vie. Que s'était-il passé pour qu'il devienne cet homme cynique, au regard presque menaçant ?

Il avait perdu sa femme, qu'il aimait à la folie.

La tristesse de Sophia redoubla tandis qu'elle se remémorait son ami d'autrefois. Il s'était montré si doux avec elle, la petite sœur de son camarade d'école, chez qui il venait passer ses vacances, sur l'île de Santina. Grâce à lui, Sophia avait eu l'impression d'être comprise, pour la première fois de sa vie, et estimée à sa juste valeur.

La gentillesse et l'attention de Ash avaient représenté beaucoup pour elle, et c'était le souvenir de cette époque bénie qui l'avait conduite vers lui ce soir.

L'homme qui se trouvait maintenant devant elle arborait une expression froide et distante qu'elle ne lui avait jamais vue. On aurait dit qu'un nuage assombrissait sa lumière, absorbait sa chaleur.

Sophia refoula les regrets qui l'envahissaient. Elle devait bannir de telles émotions, ne rien ressentir pour Ash. Autrefois, il avait représenté à ses yeux l'homme idéal, mais elle avait eu tort de l'idolâtrer, et cette erreur lui avait coûté cher. Son jeune cœur plein d'élan et de fougue en avait été brisé.

A seize ans, elle l'avait considéré comme son sauveur. Et, après tout, il lui avait vraiment sauvé la vie. C'était à ce Ash-là qu'elle désirait s'adresser maintenant, aussi ne baisserait-elle pas les bras, même s'il la toisait d'un air sévère. Cependant, elle devait se montrer prudente et se donner toutes les chances de réussir. Il y allait de sa propre survie.

Ensuite, elle ne reverrait plus jamais Ash et elle serait libérée, de son passé et du futur que son père avait décidé pour elle.

Sophia prit une profonde inspiration et redressa les épaules.

— Tu peux me lâcher, Ash. Je ne te toucherai pas, je le promets.

Quelle promesse !... Ash fut parcouru d'un violent frisson. Sophia ignorait que son corps, sa chair, sa virilité réclamaient à grands cris qu'elle les *touche*… Une vague de dégoût et de colère l'envahit, dirigée contre lui-même.

Vu l'effet que Sophia produisait sur lui, il comprenait la réputation qu'elle s'était faite. Toutefois, si sa proximité affectait son corps, son esprit, lui, demeurait indemne, se dit-il en lui lâchant brusquement le poignet.

Pour Ash, le moindre contact physique restait aussi tabou que lorsqu'elle avait seize ans, comprit Sophia en tressaillant intérieurement. Par son attitude, il dressait une barrière entre eux. Avait-elle eu tort de fonder ses espoirs sur sa gentillesse passée ? se demanda-t-elle avec inquiétude. Alors que son plan lui avait semblé simple, il lui parut soudain très compliqué…

Pourtant, il l'avait bien aidée autrefois. Il l'avait même sauvée de la mort, à deux reprises. Et maintenant elle avait besoin qu'il la sauve de nouveau, d'un autre danger mortel. Celui de se voir sacrifiée par son père, contrainte d'épouser un homme qu'elle n'avait jamais rencontré, mais dont elle savait suffisamment de choses pour comprendre qu'il ne possédait aucune des qualités indispensables à ses yeux pour faire un bon mari.

Aussi Sophia devait-elle trouver un moyen de franchir la barrière érigée par Ash ; sans son aide, son plan ne pourrait jamais aboutir.

Et s'il la rejetait de nouveau ? Il ne fallait pas qu'elle pense à cette éventualité. Si elle se montrait franche avec lui, il comprendrait la situation et l'aiderait.

Elle prit son courage à deux mains.

— Ash, je voudrais te demander quelque chose.

— Si tu désires que je t'aide à sélectionner l'homme qui réchauffera ton lit ce soir, je crains de ne pas pouvoir t'être utile, répliqua-t-il avec dédain. De toute façon, tu sembles très douée pour choisir celui qui te permettra de figurer en première page des journaux à sensation !

Ses paroles frappèrent Sophia au cœur. Elle avait des détracteurs, certes, mais elle n'aurait jamais songé que Ash puisse en faire partie.

— Eh bien, oui, j'affiche mes… relations. Tandis que toi tu les gardes secrètes, rétorqua-t-elle avec un léger haussement d'épaules. Au fond, je me demande qui de nous deux est le plus honnête…

En réalité, Sophia avait de bonnes raisons de laisser entendre qu'elle jouissait d'un style de vie très libre sur le plan sexuel. Elle faisait même tout pour encourager cette réputation. N'était-ce pas le meilleur moyen de protéger ce qu'elle possédait de plus précieux au monde ?

— Ce type de discussion oiseuse ne m'intéresse pas du tout, Sophia, dit-il d'une voix dure. Maintenant, si tu veux bien m'excuser, je vais aller remercier tes parents pour cette soirée, car je reprends l'avion aussitôt après minuit. Je dois être à Bombay demain matin.

Il repartait aussi tôt ? songea Sophia en sentant la panique l'envahir.

— Ash, tu étais différent autrefois, plus doux, répliqua-t-elle précipitamment. Tu étais gentil avec moi… Tu m'as même sauvé la vie.

Effarée par son propre comportement, elle s'interrompit un instant.

— Je sais que tu es impliqué dans de nombreuses actions caritatives, Ash, reprit-elle d'un ton plus posé. Et que tu aides ton peuple. Je…

Sophia s'interrompit de nouveau tandis que le souffle se bloquait dans sa gorge.

— Je n'ai jamais pu te dire à quel point j'étais désolée pour la mort de ta femme. Je sais qu'elle comptait beaucoup pour toi.

En voyant le visage de Ash se fermer complètement, Sophia sentit un froid glacial se propager en elle. Elle n'aurait pas dû faire allusion à son épouse.

Il resta silencieux tandis qu'une lueur indéchiffrable passait dans son regard et que ses traits altiers se crispaient imperceptiblement. Il lui en voulait. De quoi ? D'avoir parlé de sa femme ? Ash avait beaucoup aimé la princesse indienne qu'il avait épousée, mais celle-ci était morte depuis plusieurs années. Par ailleurs, Sophia savait que le lit de Ash n'était pas resté vide après son veuvage.

Ash sentit son corps se raidir. Sophia avait osé faire allusion à son mariage, à sa femme, alors qu'il n'avait jamais permis à quiconque de s'aventurer sur ce terrain.

— Je ne parle ni de ma défunte épouse ni de mon mariage avec personne.

Le ton sur lequel il avait proféré ces paroles ne fit que confirmer ce que pensait Sophia : Ash aimait encore sa femme.

Mais elle ne devait pas s'arrêter à cela. Dès l'instant où elle avait appris que Ash viendrait aux fiançailles de son ami, elle avait vu en lui le seul espoir d'échapper à une situation qui lui était intolérable. Par conséquent, elle n'allait pas flancher maintenant, même si elle se sentait terriblement vulnérable.

Ash regarda Sophia. Elle s'efforçait de paraître sûre d'elle mais il devinait son appréhension. Cette fausse assurance était un réflexe de protection auquel elle avait souvent eu recours, enfant. En tant que benjamine de la famille, elle avait souvent été négligée, se rappela-t-il tandis que sa colère s'apaisait malgré lui.

Le regard pénétrant de Ash la sondait sans pitié, mais son expression s'était quelque peu adoucie, constata Sophia. Etait-ce le Ash d'autrefois qui frémissait, sous le masque de dureté que les années avaient imprimé sur ses beaux traits virils ?

— Mon père veut me marier à un prince espagnol, dit-elle sans se laisser le temps de réfléchir.

Ash eut l'impression qu'un poison insidieux se répandait dans ses veines.

— Il souhaite donc arranger un mariage dynastique et diplomatique pour…

— Il s'agirait d'un mariage *forcé* ! l'interrompit-elle.

Sa véhémence lui rappela la jeune fille ardente et sensible dont il avait gardé le souvenir, la jeune fille qui défendait si farouchement les libertés individuelles, convaincue que chacun avait le droit de tracer son propre chemin dans l'existence.

— Ne crois-tu pas que tu prends la situation un peu trop au tragique ? lança-t-il d'un ton moqueur. Tu n'es plus une petite fille naïve, Sophia. Pour les gens comme nous, les unions se font au sein de la royauté, nous n'y pouvons rien. Les mariages sont arrangés, puis les héritiers sont conçus et naissent : c'est ainsi que nous remplissons notre devoir, envers nos ancêtres et nos peuples.

La réaction de Ash n'était certes pas celle que Sophia avait imaginée en échafaudant son plan.

— Je suis tout à fait réaliste, protesta-t-elle. Je devrais avoir des droits en tant qu'être humain, non ? Et pouvoir être maîtresse de mon propre destin, au lieu que mon père en décide à ma place.

— Je suis sûr qu'il agit ainsi pour ton bien.

Ash ne voulait pas s'impliquer dans cette histoire. Il n'en avait ni l'envie ni le temps. Pour lui, le plus important était de conclure les négociations destinées à finaliser un contrat dont les enjeux étaient capitaux pour l'avenir de son peuple.

— Non, répliqua-t-elle avec force. Il ne le fait pas pour mon bien. La seule chose qui l'intéresse, c'est de marier la benjamine de la maison Santina avec un parti intéressant *à ses yeux*. Il me l'a confié lui-même quand je l'ai supplié de renoncer à son projet. Il m'a dit qu'il avait promis à ce prince espagnol que je serais une épouse obéissante et dévouée, que je ne tenterais pas de régenter sa vie — où les maîtresses tiennent beaucoup de place.

Sophia s'interrompit un instant pour reprendre son souffle.

— Quand je lui ai annoncé que je ne voulais pas épouser ce prince, il a répliqué que j'étais une ingrate insoucieuse de son devoir. Il a ajouté que je m'habituerais à mon mari. M'habituer ! Supporter d'être mariée à un homme qui a accepté de m'épouser uniquement parce qu'il désire un héritier ! Un inconnu à qui mon père m'a quasiment vendue aux enchères, en échange d'une alliance royale ! Comment peux-tu dire qu'il agit pour mon bien ?

— J'aurais pensé qu'un tel mariage te conviendrait, Sophia. Après tout, tu affiches un style de vie assez proche de celui que tu dénonces, vu le nombre d'hommes qui se succèdent dans ton lit !

Sophia eut l'impression d'avoir reçu un coup de poing en pleine poitrine. L'opinion de Ash aurait dû lui être indifférente, mais son mépris affiché la blessait cruellement. De plus, elle ne pouvait se défendre de cette accusation.

— Eh bien, tu te trompes, affirma-t-elle. Ce mariage m'est tout bonnement intolérable.

Contrôlant sa respiration, Sophia redressa les épaules.

— Quand je me marierai, poursuivit-elle, je veux connaître et respecter mon mari. Je veux l'aimer et être aimée de lui. Et je veux que nos enfants grandissent dans le rayonnement de cet amour.

Ash la regarda en fronçant les sourcils. Dans sa voix, il reconnaissait des accents qui réveillaient en lui d'anciens réflexes, ravivaient des souvenirs enfouis…

Mais, au fond, il ne les avait *jamais* oubliés, reconnut-il en tressaillant au plus profond de lui-même. Et ils resteraient imprimés dans sa mémoire, jusqu'à son dernier souffle.

A cet instant, il vit un véritable effroi dans les beaux yeux de Sophia.

— Ash, je t'en supplie, j'ai besoin de ton aide !

2.

Elle venait d'utiliser les mots mêmes qu'elle avait prononcés autrefois, songea Ash tandis qu'une brèche se creusait au plus profond de lui.

Un jour, Sophia l'avait supplié. Depuis, il ne l'avait plus revue, jusqu'à maintenant.

A ce moment-là, elle avait seize ans à peine, et Ash se rappelait encore du choc ressenti en la retrouvant, alors qu'il était venu séjourner dans la famille d'Alex, à Santina. En six mois, l'adolescente aux joues rondes, aux grands yeux bruns où brûlaient une soif de vivre et un feu ardents s'était muée en une ravissante jeune femme. Cependant, elle avait gardé un émouvant mélange de fraîcheur et de vulnérabilité.

Et elle était vierge.

Luttant contre les émotions contradictoires qui s'étaient alors bousculées en lui, Ash avait refusé d'être celui qui la priverait de son innocence et résisté à ses supplications. Toutefois, le souvenir de ces instants était resté gravé en lui, reconnut-il en revoyant les yeux emplis de larmes de la jeune Sophia d'alors.

Que lui était-il arrivé depuis, pour qu'elle se métamorphose en la femme sensuelle et provocante qui le regardait maintenant avec assurance ?

La Sophia de seize ans qui l'avait attendri, amusé,

envers laquelle il s'était montré si protecteur, cette Sophia-là appartenait à une autre vie, à un autre Ash.

Autrefois, elle était déjà d'une beauté extraordinaire, présageant d'une sensualité prête à éclore. Elle lui faisait penser à un fruit presque mûr, alors que de son côté il vivait déjà sa pleine maturité virile.

Au fond, Sophia n'était encore qu'une enfant, aussi Ash avait-il compris que son devoir était de la protéger — pas seulement d'elle-même, mais aussi des sensations violentes qui l'avaient assailli quand il avait constaté qu'elle devenait une femme.

Un goût amer lui vint soudain aux lèvres. L'espace d'un instant, il avait fait une brève entorse à ses principes en se laissant aller au désir qui s'emparait de lui, alors qu'il n'aurait jamais dû ressentir un tel émoi envers la jeune fille. Son rôle avait toujours été de la protéger et de l'aider à gagner l'estime d'elle-même.

Par ailleurs, il était sur le point de se marier.

Et, maintenant, la désirait-il encore ? se demanda Ash en la contemplant. Elle était une femme, ravissante et disponible et lui un homme, libre pour l'instant. Mais il ne pouvait se permettre de considérer Sophia comme une maîtresse éventuelle. C'était hors de question. Et puis il n'avait plus rien à offrir à une femme comme elle. En effet, Sophia mêlait passion émotionnelle et désir charnel, il le lisait dans ses yeux, dans ses gestes, il le devinait dans le langage muet de son corps superbe.

Ainsi, il revenait à son ancien rôle, songea-t-il avec dérision. Il souhaitait la protéger… Du désir qui bouillait en lui ?

— Ash, s'il te plaît, répéta Sophia sans plus se soucier de dissimuler sa panique. J'ai besoin de toi. Tu es le seul à qui je puisse demander de l'aide.

— Vraiment ? Pourquoi ne t'adresses-tu pas plutôt

à ces hommes qui se disputent le privilège de partager ton lit ? répliqua-t-il d'un ton acerbe.

La conversation prenait un tour très dangereux, songea Sophia. Il fallait qu'elle la ramène sur un terrain plus sûr et, surtout, qu'elle revienne au motif de sa requête.

— Avec eux, il ne s'agit que de sexe, affirma-t-elle en haussant les épaules. Or ce dont j'ai besoin maintenant, c'est de ton aide.

Que de sexe ?, songea Ash, troublé par le souvenir de la jeune fille de seize ans qui le suppliait de lui accorder ce qu'il ne pouvait lui offrir.

Soudain, il se rappela l'odeur de l'herbe sur laquelle ils étaient alors assis. Ce jour-là, Sophia portait une robe légère en coton, qui laissait deviner ses seins ronds et parfaits dont les pointes se dressaient fièrement sous le tissu. Elle avait posé ses poings sur sa poitrine en le suppliant de la prendre, de lui faire découvrir ce que c'était que d'être une femme.

Quand Ash avait senti le désir rugir en lui, en réponse à celui de Sophia, il avait été ébranlé par un choc terrible.

Il avait voulu s'éloigner d'elle sur-le-champ, oblitérer le danger, mais avant qu'il n'en ait eu le temps elle avait poursuivi avec véhémence, presque avec désespoir :

— Je suis la seule fille de ma classe à être encore vierge et je déteste ça. Toutes les autres se moquent de moi. Elles disent que je ne suis qu'une gamine…

Ash se souvenait encore de l'ambivalence des sentiments que cet aveu avait fait naître en lui. D'un côté, il y reconnaissait le désir de la protéger et de la défendre, mais en sourdine un autre désir s'insinuait, d'une tout autre nature : celui d'être l'homme privilégié à qui elle se donnerait pour la première fois.

Faisant appel à toute sa volonté, Ash s'était rappelé qu'il était trop âgé pour elle, qu'elle était trop jeune pour lui. Mais la pensée traîtresse avait surgi, là, dans sa tête : si Sophia avait eu deux ans de plus, et lui deux ans de moins…

Qu'aurait-il fait ? Il aurait couché avec elle, puis l'aurait quittée après l'avoir déshonorée, pour épouser la femme qui lui était promise depuis l'enfance ? Jamais.

Renforcé par cette certitude, il avait repoussé la tentation, avant de dire à Sophia d'un ton détaché — comme si son corps ne protestait pas violemment :

— Je suis sûr qu'il y a des tas de garçons de ton âge qui seraient ravis de te débarrasser de ta virginité.

— Je ne veux pas d'eux, je veux le faire avec toi, avait-elle insisté en posant sur lui un regard brûlant.

La tentation avait jailli de nouveau, plus puissante encore, de nier les années qui les séparaient, de céder à ses supplications et de la prendre. Le seul parfum de sa peau chauffée par le soleil exacerbait son désir, si bien qu'il lui avait fallu faire appel à toute sa volonté pour ne pas l'allonger sur l'herbe, avant de goûter au jeune corps frémissant qui s'offrait à lui.

Cette capitulation passagère avait choqué Ash. Il avait eu l'impression d'avoir failli à son devoir de la protéger et à son engagement envers sa future épouse.

Une sourde colère l'avait alors envahi, davantage dirigée contre lui-même que contre Sophia, mais c'est néanmoins sur cette dernière qu'il l'avait reportée.

— C'est impossible ! avait-il protesté en l'écartant brutalement. Tu le sais très bien, Sophia. Je vais me marier.

— Oui, mais il s'agit d'un mariage arrangé, avait-elle répliqué. Pas d'un mariage d'amour.

L'aveu sous-entendu dans ses paroles l'avait atteint en plein cœur, lui coupant un instant le souffle.

— Cela me regarde. De plus, je considère qu'il est de mon devoir d'apprendre à aimer ma femme et de lui apprendre à m'aimer. Cette perspective me réjouit même énormément.

Ash lui avait lancé ces paroles avec une cruauté délibérée mais, quand il avait vu la souffrance emplir les yeux de Sophia, il avait tendu la main vers son visage. A cet instant, les larmes qu'elle ne pouvait plus retenir avaient jailli de dessous ses paupières à la peau transparente, presque mauve, avant de rouler sur ses joues.

Il avait arrêté son geste. Ses larmes étaient celles d'une enfant et, s'il s'était montré cruel envers Sophia, ç'avait été pour protéger la fillette qui subsistait en elle…

Revenant au présent, Ash voulut se détourner et s'éloigner de Sophia, mais son corps refusa de lui obéir. En outre, sa virilité réagissait de façon manifeste à la proximité de la jeune femme. Ulcéré par sa propre faiblesse, par la défection de sa fierté, Ash continua néanmoins à la contempler, ébloui par sa beauté.

Ses boucles brunes caressaient ses épaules nues, mises en valeur par une robe de soie couleur d'ambre, dont la coupe lui donnait un air de déesse antique et ondulait au moindre mouvement de ses courbes délicieusement féminines. Une ceinture d'argent pailleté soulignait sa taille fine. Quant à ses seins hauts et fermes…

Ash se força à se concentrer sur son visage. Mais quand il vit ses yeux étincelants, ses lèvres pulpeuses entrouvertes, il ne put retenir un frisson de volupté. Sa bouche devait avoir un goût délicieux, et sa robe décolletée ne représenterait aucun obstacle pour l'homme qui s'aventurerait à explorer la douce chaleur de ses seins nus.

Il ne serait pas cet homme, se dit Ash en se ressaisissant. Sophia était la sœur de l'un de ses amis les plus proches ; elle était passionnée — à tel point qu'il avait l'impression de voir les émotions *palpiter* en elle. Coucher avec Sophia, cela équivaudrait à ouvrir la porte aux complications les plus pernicieuses. En outre, pourquoi l'aurait-il choisie, alors que tant de femmes étaient prêtes à partager son lit, des créatures somptueuses disposées à lui accorder ce qu'il attendait d'elles : du sexe, et rien de plus ?

Sophia tourna les yeux vers la table où ses parents étaient installés avec quelques invités. Comme toujours, c'était son père qui monopolisait toute l'attention ! Sa mère le regardait en inclinant sa tête blonde, calme et attentive, consciente de son rôle et de son rang. Exactement comme son père l'exigeait. Exactement comme le mari qu'il avait choisi pour Sophia l'exigerait d'elle.

Mais elle n'était pas sa mère, sa nature était beaucoup plus pétulante, plus exigeante. Sans quitter le petit groupe des yeux, elle dit à Ash :

— Mon père croit qu'il peut me faire céder, mais il se trompe : je ne céderai pas.

Le désespoir avait percé dans sa voix, reconnut Ash. Sophia lui fit soudain penser à un bel oiseau exotique se heurtant aux barreaux d'une cage qui le retenait prisonnier. En vain, car elle finirait par capituler.

Tout à coup, il comprit qu'en dépit des ragots étalés dans la presse sur sa vie dissolue la jeune femme avait gardé une grande part d'innocence et de vulnérabilité. Ash fronça les sourcils en la plaignant malgré lui. Il connaissait bien le roi Eduardo : celui-ci ne renoncerait pas à ses projets aussi facilement.

C'était un père à l'ancienne, respectueux des traditions, régnant sur sa famille et son pays avec la ferme conviction que tout le monde vivait sous ses ordres et sous son contrôle. Et que, par conséquent, le rôle de chacun consistait à lui obéir, en toutes choses et en toutes circonstances.

Cette attitude était regrettable, certes, mais Ash n'y pouvait rien ; et puis, ces histoires de famille ne le regardaient pas, après tout !

— Tu devais bien savoir qu'il finirait par arranger un

mariage pour toi, avec l'homme qu'il jugerait approprié, non ?

L'espace d'un instant, Sophia faillit avouer qu'elle avait toujours rêvé de se marier par amour, et non pour céder à une nécessité dynastique. Mais, en lui confiant son secret, elle se serait beaucoup trop dévoilée devant Ash.

Une telle tristesse traversa le regard de Sophia que Ash se sentit gagné par une vague de compassion inattendue. Elle avait été une enfant si douce, si aimante et généreuse, si touchante dans son adoration pour lui ! Mais, si elle l'avait vénéré comme un héros, ç'avait été uniquement pour compenser l'absence d'amour de son père. En effet, en dépit de ses efforts répétés pour attirer son attention et son affection, l'enfant, puis l'adolescente avait toujours été ignorée par le roi Eduardo.

Or Ash n'était pas un dieu et elle n'était plus une enfant. Par conséquent, il ne lui devait *rien*.

Elle avait cessé d'être une enfant le jour où elle l'avait supplié de prendre sa virginité. Qui l'en avait débarrassée, finalement ? Se souvenait-elle de son prénom ?

Sophia déglutit avec peine et se prépara à faire une ultime tentative.

— Ash, je ne te demande qu'une chose. Je voudrais que tu feignes de me désirer, juste le temps de cette soirée. Mais pas seulement physiquement, j'aimerais que tu donnes l'impression d'être… fasciné par moi. Que tu me regardes comme si tu te consumais d'amour pour moi.

Elle inspira à fond et poursuivit avant de perdre courage :

— Tu représentes un tel parti aux yeux de mon père que, s'il entrevoyait la moindre chance de pouvoir arranger un mariage entre toi et moi, il laisserait aussitôt tomber le prince espagnol — sans hésiter, je t'assure. Tu possèdes tout ce qu'il admire : le sang royal, le statut de chef d'Etat, et la fortune.

Pour une fois, Ash se trouva à court de mots. Lorsque

Sophia avait dit qu'elle avait besoin de lui, il n'avait pas songé un seul instant qu'il puisse s'agir d'une aide de cette nature… En tout cas, la jeune femme était perspicace : en ce qui concernait son père, elle avait tout à fait raison.

— Ash, j'ai besoin que tu me sauves la vie, comme tu l'as fait autrefois, quand j'étais enfant, poursuivit-elle d'une voix rauque. Te souviens-tu du jour où j'ai failli me noyer après vous avoir suivis sur la falaise, Alex, Hassan et toi ?

Contre son gré, Ash se sentit remué par ses paroles.

— Cela remonte à très longtemps, dit-il brièvement.

— Je m'en souviens comme si cela s'était passé hier, répliqua-t-elle d'une voix douce. J'avais neuf ans et j'avais glissé dans une anfractuosité. Tu n'as pas hésité : tu t'es jeté à l'eau pour me repêcher. Alex s'est moqué de moi mais toi, tu m'as portée dans tes bras. Je me sentais en sécurité, protégée.

A cette époque, il veillait si bien sur elle, se rappela Sophia. Mais, ensuite, il l'avait blessée si cruellement que même encore aujourd'hui… Elle se ressaisit. Ce n'était pas le moment de penser à cet épisode douloureux. Elle devait se concentrer sur son plan.

Ash fronça les sourcils. Elle recommençait son petit stratagème… La vulnérabilité perçait dans sa voix tandis qu'elle évoquait ce souvenir intime ; elle respirait plus vite, son souffle soulevant sa poitrine sous la soie.

Ses seins étaient plus pleins qu'autrefois, et encore plus attirants, constata Ash avec agacement. Il repensa à la façon dont ses tétons s'étaient dressés sous sa robe en coton, durs, épanouis, trahissant la violence de son désir.

Ce souvenir appartenait au passé, et le passé était révolu. A présent, il était suffisamment âgé et cynique pour savoir qu'un corps de femme était semblable à un autre, et que le désir s'évaporait aussi vite qu'il surgissait, le laissant presque indifférent à la créature qu'il venait de posséder.

Soudain, Sophia lui posa la main sur le bras en lui adressant un regard implorant. Aussitôt, Ash sentit tout son corps réagir. Il essaya de se concentrer sur sa main, et non sur les sensations qui le parcouraient. Elle était petite, et ses doigts fins agrippaient la manche de sa veste de smoking noir.

Ses ongles étaient simplement polis, remarqua-t-il. Malgré lui, Ash songea à ce qu'il ressentirait s'ils s'enfonçaient dans son dos tandis qu'elle sombrait dans l'extase. A cette simple pensée, une chaleur infernale envahit tout son corps et il dut faire un effort pour ne pas desserrer son nœud papillon.

— Notre père laisse bien Alex libre de choisir son épouse : pourquoi devrais-je me soumettre et accepter le mari qu'il veut m'imposer ?

Les fiançailles de son frère avaient représenté une totale surprise pour Sophia, ainsi que pour Carlotta, la sœur dont elle se sentait la plus proche.

— Tu as aimé Nasreen, reprit-elle. Alors, pourquoi ne pourrais-je pas aimer mon époux et être aimée de lui ?

La passion qui l'animait confirma ce que Ash pensait : Sophia devait vivre ses relations sexuelles avec cette même ferveur. Avec cette passion qui étincelait dans ses yeux, irradiait dans son corps…

Hélas, de telles émotions n'avaient plus aucune place dans sa vie et n'en auraient plus jamais.

Et s'il pouvait partager son lit *sans* ces émotions encombrantes ? S'ils pouvaient profiter l'un de l'autre sans attendre autre chose que du plaisir, maintenant qu'ils étaient tous deux des adultes expérimentés ?

Comme en réponse à sa question, le désir fusa aussitôt en lui. En fait, Ash fut forcé de reconnaître qu'il n'avait jamais ressenti de désir aussi violent pour aucune femme.

A tel point qu'il se sentait soudain prêt à mettre un trait sur le rendez-vous important qui l'attendait le lendemain matin à Bombay.

Cette femme était vraiment dangereuse — raison de plus pour prendre ses distances avec elle.

— Mon mariage ne regarde que moi, dit-il d'une voix dure.

Elle venait de commettre un nouveau faux pas, se reprocha Sophia. Elle avait pénétré dans un espace privé où elle n'était pas la bienvenue. Et il n'y avait plus de doute : Ash aimait toujours Nasreen.

Une douleur aiguë lui lacéra la poitrine. Si son père réussissait à la marier à ce prince espagnol, elle ne connaîtrait jamais la douceur d'être aimée ainsi. La souffrance qui l'étreignit était due à ce seul regret, et à rien d'autre. Surtout pas au constat que Ash avait cédé au charme de sa belle princesse, et non au sien. Absolument pas. Elle n'avait plus seize ans. Et elle ne renoncerait pas à son plan.

Aux yeux de sa famille, Sophia était la rebelle, la difficile, celle qui défiait toujours la morale et poussait leur père à bout, celle qui se montrait plus violente que ses sœurs. Eh bien, puisque telle était sa réputation, elle y resterait fidèle et elle ne se laisserait pas intimider par le regard glacial et réprobateur de Ash !

Une fois de plus, elle avait parlé de sa femme. Nasreen. Ash aurait préféré que Sophia ne mentionne pas son prénom.

Avant son mariage, il s'était juré d'aimer l'épouse qui avait été choisie pour lui, certain que leur mariage serait fondé sur une confiance totale et réciproque. Il aimerait la femme qui lui avait été promise depuis l'enfance. C'était pour Ash une question de fierté, d'honneur, un devoir qu'il avait pris à cœur.

Orphelin dès son plus jeune âge, il avait été élevé par une vieille gouvernante, qui lui avait conté le grand amour partagé par son arrière-grand-père et son épouse anglaise. Il s'était vu comme l'héritier de son aïeul et avait considéré de sa responsabilité d'aimer la femme dont il serait un jour le mari. Il chérirait et protégerait sa jeune maharani.

L'amour importait plus que toute autre chose, lui avait répété sa vieille nounou. Ash avait donc grandi avec la conviction qu'il devrait aimer son épouse et qu'elle l'aimerait en retour. Par ailleurs, il espérait que cet amour compenserait la solitude qu'il avait connue orphelin.

Peu à peu, il s'était même persuadé qu'il aimerait sa femme aussi totalement, aussi fidèlement que son ancêtre avait aimé la sienne.

Cette certitude avait-elle été teintée d'arrogance ? De naïveté ? Ash n'aurait pu répondre à cette question. En revanche, après avoir affronté la dure réalité de son mariage, puis la mort de sa femme — mort dont il se sentait en partie responsable —, il savait qu'il ne laisserait plus jamais une telle émotion empoisonner ses relations intimes avec les femmes.

Jamais plus il ne mélangerait sexe et amour. Le sexe était destiné à procurer du plaisir, à assouvir un besoin, mais ce n'était que du sexe. Il se laisserait aller à ses désirs envers les femmes, sans plus jamais s'aventurer dans les méandres traîtres de l'amour.

3.

Ash devait encore aimer Nasreen passionnément, pour réagir à la simple mention de son prénom, soupçonna Sophia.

Un jour, elle trouverait l'amour elle aussi, se jura-t-elle. Pour cela, elle devait rester libre, à tout prix.

— Pour mes parents, l'amour ne compte pas, dit-elle. La seule chose qui importe, à leurs yeux, c'est le nom de notre famille, comme nous l'a répété mon père depuis notre plus tendre enfance.

Ash la regarda avec attention. Une souffrance réelle avait teinté sa voix. Il connaissait si bien son histoire qu'il percevait la vraie raison de l'agitation de Sophia. Elle se trouvait concentrée dans ces deux mots : *mon père*.

Pourquoi perdait-il ainsi son temps à l'écouter ? Il avait mille choses plus importantes en tête, sur lesquelles il aurait dû se focaliser. Notamment les négociations dans lesquelles il était impliqué, concernant la rénovation et la reconversion de vieux palais en ruine, ayant appartenu à des parents éloignés et décédés depuis longtemps.

Ash envisageait maintenant de les transformer en hôtels raffinés équipés de spa, dans le but de rassembler de l'argent destiné à financer un vaste programme d'éducation dont profiteraient les pauvres de son pays.

C'était sur ce projet, entre autres, qu'il devait se

concentrer, et non sur la jeune femme passionnée et volage, et beaucoup trop désirable, qui se tenait devant lui.

Par conséquent, le moment était venu de mettre un terme à cette discussion.

— Je suis certain que ton père agit pour ton bien, répéta-t-il.

Il agissait pour son bien. N'était-ce pas ce qu'il lui avait dit lui-même autrefois, avant de la quitter ?

Ses paroles étaient creuses, Ash le savait, mais pourquoi aurait-il tenté de réconforter et de rassurer Sophia ? Pourquoi se serait-il soucié de son sort ?

— Pour mon bien ?

Ash vit le désespoir et l'amertume emplir ses yeux tandis qu'elle secouait la tête. Ses boucles frôlèrent ses épaules nues, lui rappelant…

— Non ! reprit-elle avec véhémence. Mon père ne songe qu'à ses intérêts et à ceux de la famille. Pour lui, je n'ai jamais été qu'une enfant non désirée.

Sa belle bouche se crispa tandis qu'elle lui lançait un regard de défi.

— Tu sais que c'est vrai, Ash, ne dis pas le contraire. Tu sais aussi bien que moi ce qu'on raconte sur… sur ma naissance.

En effet. Lorsque la mère d'Alex avait appris qu'étant orphelin Ash n'avait personne auprès de qui passer les longues vacances scolaires, elle avait aussitôt demandé à son fils d'inviter son ami à l'accompagner à Santina. Alors qu'il était encore tout jeune, Ash avait donc séjourné dans la famille d'Alex, où il était revenu de nombreuses fois.

A ce moment-là, Sophia commençait à peine sa scolarité, se souvint-il, et il avait entendu raconter pour la première fois que le roi pourrait ne pas être son père.

— Tu ressembles à tes frères et sœurs.

— C'est ce que m'a répondu ma mère quand je lui ai demandé si les rumeurs concernant sa liaison avec l'architecte anglais étaient fondées, et si le roi Eduardo était bien mon père. Mais ne trouves-tu pas révélateur que personne n'ait jamais envisagé de me faire passer un test ADN ?

— Je pense simplement que tes parents sont certains que tu es leur enfant à tous les deux, et que par conséquent ils n'ont pas jugé nécessaire d'avoir recours à ce type de vérification.

— Carlotta m'a fait la même réflexion, reconnut Sophia. Mais, vu qu'elle a elle-même un enfant illégitime et qu'elle refuse de révéler l'identité du père, elle n'allait pas réagir autrement, n'est-ce pas ?

D'habitude, Sophia ne se montrait pas aussi loquace à propos de la situation de Carlotta. En effet, depuis la naissance de son fils, Luca, sa sœur était tombée en disgrâce aux yeux du roi. Toutes deux se sentant des étrangères, elles s'étaient rapprochées l'une de l'autre, en dépit du fait que Carlotta avait une jumelle.

— Et Carlotta a toujours été très raisonnable, insista Ash.

— Parce que, pour toi, faire un enfant sans être mariée, avec un homme dont elle tait le nom, attirant ainsi, pour citer notre père, la honte sur notre famille — et sur *le nom de Santina* —, c'est un acte raisonnable ? répliqua Sophia avec une ironie mordante.

Avoir un enfant, un fils… C'était le plus fort désir de Ash, et le plus cher à son cœur. A cette simple pensée, une sensation de manque lui creusa le ventre tandis qu'une douleur sauvage lui étreignait la poitrine.

Il s'était marié en croyant que Nasreen partageait son impatience de fonder leur famille. Toutefois, quand elle lui avait annoncé qu'elle désirait attendre un peu afin de pouvoir savourer la compagnie de son époux, Ash avait d'abord été ravi et séduit.

Mais plus tard il avait appris, de la bouche même de

sa femme, la vraie raison de son refus. Ce jour-là, la plus dévastatrice de leurs disputes avait éclaté.

Aux yeux de son entourage, son désir d'avoir des enfants passait pour naturel et légitime : il devait concevoir un héritier qui lui succéderait et perpétuerait le nom de sa famille. Cela comptait beaucoup pour Ash, bien sûr, mais les racines de son désir étaient plus profondes et beaucoup plus personnelles.

Ayant connu la solitude dès son plus jeune âge, il avait développé le désir de fonder une famille, indépendamment de son devoir envers son statut et la perpétuation du nom de ses ancêtres. Pour Ash, il s'agissait d'un véritable *besoin*, essentiel, vital. Aussi, après l'échec de son mariage avec Nasreen, puis la mort de celle-ci, il s'était promis de se remarier un jour.

Cette fois, il s'agirait d'un arrangement pratique, dépourvu de toute attente, de tout engagement émotionnel. Mais il aimerait les enfants qui naîtraient de cette union, parce que cet amour-là viendrait naturellement. Il n'aurait pas à être forcé, ni simulé. Le lien qui l'unirait à eux ne ressemblerait en rien à ce qu'il avait souhaité vivre avec Nasreen.

A la pensée d'avoir échoué, de ne pas avoir réussi à l'aimer, la culpabilité assaillit Ash avec sa violence coutumière.

— Personne ne se serait attendu à cela de la part de Carlotta, reconnut-il.

— Non, en effet. Carlotta avait toujours été très sage — pas comme moi. Je suis sûre que personne n'aurait été surpris si j'avais eu un enfant illégitime ! Mais venant de Carlotta, en revanche…

Elle fit une légère grimace comique.

— Oh ! ne te donne pas la peine de le nier, Ash. Tu sais comme moi que c'est vrai. Mais, si cela m'était arrivé, j'aurais agi exactement comme Carlotta : j'aurais gardé mon enfant.

Son visage fin s'adoucit tandis qu'une lueur chaude éclairait son regard.

— Luca est si beau que, parfois, j'aimerais qu'il soit mon fils, dit-elle avec tendresse. Mais, si j'avais mis au monde un enfant illégitime, je crois que mon père n'aurait pas pu le supporter : pour lui, ç'aurait été la goutte qui aurait fait déborder le vase ! Et il m'aurait probablement déshéritée.

— Si ton père pensait que tu n'es pas sa fille, il ne tenterait pas d'arranger un mariage pour toi, surtout avec un prince.

Ash avait dit ces mots dans l'espoir de la rassurer, mais aussi afin de clore la discussion. Hélas, il ne réussit qu'à enflammer de nouveau Sophia.

— Si tu penses vraiment cela, eh bien tu connais très mal le roi Eduardo ! lança-t-elle avec emportement. Je te répète que mon intérêt n'a *rien* à voir dans ce projet de mariage. Mon père, lui, ne pense qu'à *son* intérêt et à la réputation de notre famille.

Un voile de tristesse passa dans son regard.

— Ç'a toujours été le cas, poursuivit-elle d'une voix morne. Il nous a toujours exhortés à ne jamais oublier notre identité, notre nom, notre statut, en toutes circonstances… Il nous gouverne comme il gouverne son royaume, parce qu'il estime que c'est son droit. Nos sentiments, nos besoins, rien de tout cela n'a d'importance à ses yeux.

Elle haussa les épaules d'un air las.

— En fait, il estime que nous ne devrions éprouver *aucun* sentiment — surtout en ce qui me concerne. Comme je te l'ai déjà dit, s'il pensait qu'il a la moindre chance de t'avoir comme gendre, mon père laisserait tomber le prince espagnol, *sans le moindre scrupule*.

— Peut-être, mais je doute qu'il lui suffise de nous

voir ensemble durant quelques heures pour nourrir de tels espoirs.

— Tu te trompes. Et, si tu acceptes de m'aider, je vais te le prouver.

Les problèmes de Sophia n'avaient rien à voir avec lui, se répéta Ash. Il était venu à Santina parce qu'il était l'ami de son frère aîné, et pour aucune autre raison. L'attitude protectrice dont il avait entouré autrefois sa jeune sœur appartenait désormais au passé.

A l'époque, il avait été un jeune homme idéaliste, qui se voyait à l'aube d'un avenir d'amour et de bonheur. Tandis qu'à présent il était devenu un homme réaliste et aguerri, au cœur endurci. Un homme qui savait que les rêves de jeunesse n'étaient rien d'autre que cela : des rêves.

Fort de son expérience, il ne fonderait pas son second mariage sur des illusions, mais sur le besoin d'avoir des enfants, des héritiers qui perpétueraient le nom qu'il avait lui-même hérité de ses ancêtres.

Il regarda Sophia. Elle le contemplait avec un tel espoir au fond des yeux…

Si elle pensait que son père renoncerait à son projet de la marier au prince qu'il avait élu pour elle, si elle croyait qu'il allait la laisser libre de choisir son époux, elle se trompait complètement.

En outre, elle était adulte, à présent. Par conséquent elle devait bien se rendre compte qu'elle avait un rôle à assumer. Et que, de son côté, il ne pouvait ni ne souhaitait prendre le risque de compromettre les relations diplomatiques existant entre Santina et Nailpur, dans le seul but de l'aider à vivre ses rêves adolescents. Son idée de simuler l'amour fou pendant quelques heures était donc absurde.

— Je ne vois pas l'utilité de continuer cette discussion, Sophia, dit-il en remontant sa manche de smoking pour consulter sa montre.

Ash avait des mains et des poignets si sexy ! songea Sophia. Et la teinte chaude de sa peau ne faisait que renforcer la sensualité qui émanait de lui.

Après avoir été rejetée par lui, elle n'avait réussi à s'endormir qu'en imaginant ses mains errant sur son corps. Pendant des mois, elle avait rêvé de ses caresses, tendres et érotiques à la fois.

Soudain, Sophia fut assaillie par un tel sentiment de perte qu'elle retint un gémissement.

— Je dois partir bientôt, reprit Ash. Si tu parlais franchement à ton père, si tu lui exprimais ce que tu ressens, je suis sûr qu'il te laisserait le temps de faire connaissance avec l'homme qu'il a choisi pour toi.

Elle haussa les épaules avec une telle brusquerie que le bustier de sa robe glissa, laissant apparaître les aréoles de ses seins, d'un beau rose foncé. Le désir embrasa Ash. Qu'avait-il à réagir de façon aussi incontrôlable ? Il avait l'impression que son corps prenait un malin plaisir à désobéir aux ordres qu'il lui avait donnés. Que son corps s'évertuait à le punir, en cédant à un désir irrépressible envers… Sophia.

La colère l'envahit. Elle aurait dû prévoir qu'en portant une telle robe elle s'exposait à ce genre d'incident !

— Si tu ne veux pas que tout le monde voie ce que je vois, je te suggère d'agir, dit-il d'un ton brutal. A moins, bien sûr, que tu ne désires que tous les hommes présents dans cette pièce profitent d'un spectacle qui devrait être réservé seulement à un amant.

Sophia le dévisagea sans comprendre, puis fit un pas vers lui. A cet instant, elle marcha sur l'ourlet de sa robe, avant de la sentir glisser sur son corps.

Aussitôt, Ash se retrouva tout près d'elle et referma les mains sur ses bras, pour la dérober aux regards alentour…

Sophia prenait des bains de soleil seins nus, souvent seule, mais parfois aussi devant d'autres personnes, alors

36

pourquoi se sentait-elle soudain aussi embarrassée ? Les mains tremblantes, elle essaya de remonter le tissu sur sa poitrine, mais ne réussit qu'à dénuder davantage encore son buste.

— J'ai besoin de ton aide, murmura-t-elle, consciente de l'ironie de la situation.

Car cette fois, sans l'aide de Ash, elle allait se retrouver nue devant tout le monde…

— Il faudrait que tu défasses l'agrafe, poursuivit-elle. Dans mon dos, pour que je puisse rajuster le devant.

Ash aurait voulu refuser, mais comment ne pas céder à sa demande sans lui laisser voir l'effet qu'elle produisait sur lui ? Décidément, il se conduisait comme un adolescent en proie à ses premiers émois et voyant des seins nus pour la première fois…

Par chance, les invités ne faisaient pas attention à eux, constata-t-il en passant les bras autour du buste de Sophia, comme pour la serrer contre lui. Adroitement, il défit l'agrafe avant de faire glisser la fermeture Eclair.

— Arrête, ça suffit, chuchota Sophia, le visage en feu.

Pressée comme elle l'était contre Ash, personne ne pouvait voir ses seins.

— Remonte le bustier, ordonna-t-il. Ensuite je remonterai la fermeture.

— Je ne peux pas… Tu me tiens trop serrée…

Laissant échapper un soupir impatient, Ash s'apprêta à reculer quand elle agrippa son bras.

— Non, ne bouge pas ! Sinon, tout le monde va me voir.

— Je pense que presque tout le monde a *déjà* vu, dit-il d'un ton sévère.

Stupéfait, il vit des larmes briller au fond des yeux de Sophia, avant qu'elle ne se ressaisisse rapidement. Elle était très embarrassée, comprit-il tandis que, tout en s'efforçant de rester contre lui, elle tentait de rajuster le tissu sur ses seins.

— Laisse-moi t'aider.

Ash avait seulement eu l'intention de remettre le bustier en place, mais, comme si elle obéissait à une force étrangère à son cerveau, sa main effleura le sein de Sophia et ses doigts en frôlèrent le mamelon.

Le désir incendia ses reins, menaçant d'anéantir tout self-control. Décidément, son lit était vide depuis trop longtemps, songea-t-il, refusant d'envisager une autre cause possible à cet égarement passager.

Ils se regardèrent en silence, avant de détourner les yeux sans dire un mot.

Que s'était-il passé ? se demanda Sophia, encore sous le choc. Elle ne désirait plus Ash. Si son corps avait frémi, c'est parce qu'elle ne s'était pas attendue à un geste aussi intime de sa part.

Ash passa de nouveau les mains dans le dos de Sophia et referma l'agrafe, puis fit remonter la fermeture en silence. Soulagé, il recula d'un pas. A présent, Sophia avait recouvré une tenue décente.

Mais au moment où il allait s'éloigner de la jeune femme son regard fut attiré par le roi Eduardo, qui agitait la main dans leur direction. Impossible d'ignorer cet ordre royal.

— Je crois que ton père désire que nous allions le rejoindre, dit-il en soupirant.

Lorsqu'ils arrivèrent devant le roi et la reine, un domestique servait le champagne. On allait passer aux toasts et aux discours, comprit Sophia. Au même instant, le père de la fiancée de son frère, Bobby Jackson, se leva maladroitement de sa chaise, avant de se lancer dans un laïus décousu, dont le but était sans doute d'adresser ses félicitations et ses vœux aux fiancés.

Quand il acheva enfin son laborieux discours, tout le monde leva sa coupe en l'honneur de l'heureux couple, tandis que des rumeurs se répandaient dans la salle.

Visiblement, l'état d'ébriété avancée de Bobby Jackson n'était pas passé inaperçu…

— Ash, je suis si heureuse de te voir ! dit la reine Zoe en souriant.

Au moindre mouvement de sa tête, les diamants de sa tiare étincelaient de mille feux, remarqua Ash. Sans cesser de sourire, la mère de Sophia lui adressa quelques mots aimables. Elle tentait de dissimuler son embarras, comprit-il en observant la façon dont elle surveillait son encombrant voisin.

Privée de la présence de Ash accaparé par sa mère, Sophia se retrouva soudain seule et abandonnée. Cette sensation l'accompagnait depuis sa plus tendre enfance, même si elle avait grandi entourée de ses frères et sœurs. Mais elle ne s'était jamais vraiment sentie acceptée ni aimée par eux.

Peut-être parce qu'elle ne s'était jamais sentie acceptée ni aimée par son père ?

En tout cas, il était maintenant vital pour elle d'épouser un homme qu'elle aimerait et qui l'aimerait. Un mari attentionné, qui partagerait son désir d'avoir des enfants et de les élever avec amour, dans un foyer chaleureux.

Ses enfants ne douteraient jamais de l'affection de leurs parents. C'était là le désir le plus secret et le plus profond de Sophia.

Lorsque le roi Eduardo se leva à son tour pour porter un toast et prononcer son discours, elle se tourna vers Ash, qui se tenait immobile à quelques pas. Sa coupe de champagne à la main, tournant le dos à Sophia, il écoutait son père. Soudain, celui-ci se tourna vers elle.

— Et les fiançailles d'Alessandro seront bientôt suivies d'autres, ici même, à Santina. En effet, je suis ravi et fier de vous annoncer que le fiancé de la plus jeune de mes filles, Sophia, arrivera bientôt sur notre île.

Ses paroles produisirent sur elle un tel choc que Sophia

eut soudain l'impression d'être prisonnière d'un rempart de glace l'empêchant de prononcer un mot ou d'esquisser un geste. Comme dans un cauchemar, elle vit la meute de photographes se détourner de son frère et d'Allegra avant de venir l'entourer en la mitraillant de leurs flashes.

Sortant de sa torpeur, Sophia comprit l'horreur de sa situation et fut prise d'une vague de nausée. Cela ne pouvait pas lui arriver ! se dit-elle en tentant de réprimer son tremblement. Son père ne pouvait pas avoir organisé ses fiançailles avec ce fichu prince espagnol sans même la prévenir ! Hélas, aussi horrible soit-elle, c'était bien la réalité. Et maintenant elle était acculée : elle ne pouvait plus l'empêcher de poursuivre son projet.

Soudain, Sophia se sentit gagnée par une affreuse impression de faiblesse et d'impuissance. De solitude insupportable.

D'instinct, elle se tourna vers Ash, mais les photographes la séparaient de lui.

Un journaliste tendit son micro vers elle en lui demandant de commenter l'annonce de son père.

— Je…

— Ma fille est ravie d'être fiancée, répondit son père en lui adressant un regard d'avertissement. N'est-ce pas, Sophia ?

Comme un automate, elle inclina la tête d'un air soumis.

— Oui…

Ash observait la situation, en proie à des émotions mêlées, la plus inconfortable étant la soudaine hostilité qu'il ressentait envers ce prince inconnu, à qui Sophia était maintenant officiellement fiancée.

— Je suis soulagée que Sophia ait enfin accepté que son père savait ce qui était bon pour elle, murmura la reine Zoe en se penchant vers lui. Tous ces ragots étalés dans la presse avaient rendu le roi furieux. Mais il a pris la bonne décision : ce mariage fera beaucoup de bien à notre fille. Le roi m'a affirmé que le prince partageait ses valeurs traditionnelles et je suis sûre que Sophia comprendra vite où réside son devoir.

— Sophia…

Sentant une main se poser sur son bras, Sophia se retourna pour découvrir le visage inquiet de Carlotta.

— Je n'arrive pas à croire que père ait fait une chose pareille, dit-elle précipitamment. Il sait très bien que je ne veux pas de ce fiancé.

Sans laisser le temps à sa sœur de répliquer, elle ajouta d'un ton péremptoire :

— Je ne resterai pas ici un seul instant de plus, Carlotta. Je vais dans ma chambre.

Lorsqu'elle referma la porte derrière elle, Sophia se trouvait en proie à un tel chaos qu'elle tremblait réellement de tout son corps. Elle avait été si stupide, si naïve de croire que son père lui laisserait du temps, et qu'ainsi elle parviendrait à le faire changer d'avis ! En réalité, il avait toujours su qu'il annoncerait ses fiançailles ce soir, sans son consentement. A présent, le plan de Sophia tombait à l'eau. En effet, à quoi bon chercher à faire croire au roi que Ash s'intéressait à elle ?

Furieuse contre son père, elle serra les poings tandis que les larmes brouillaient sa vision. Tous ses efforts n'avaient servi à rien : elle se retrouvait fiancée contre son gré, à un prince espagnol qu'elle n'avait même jamais rencontré.

Comment allait-elle supporter ce mariage et cet avenir imposés ? C'était impossible, décida-t-elle en refoulant la panique et la souffrance qui l'envahissaient. Elle ne céderait pas. Elle s'enfuirait loin de Santina, couperait tous les ponts avec sa famille, plutôt que de se laisser enfermer dans cette prison dorée.

Le cœur battant, Sophia se rendit compte de l'énormité du nouveau plan qui germait dans sa tête. Puis, sans se laisser le temps de réfléchir aux conséquences de son acte, elle se précipita vers son dressing et commença à choisir des vêtements qu'elle fourra à la hâte dans une valise.

Soudain, elle entendit son téléphone vibrer dans sa chambre. Le texto venait de Carlotta, constata-t-elle bientôt. Sa sœur lui demandait si elle allait bien. Après avoir saisi son portable pour répondre, Sophia le reposa sur la commode. Elle n'impliquerait pas Carlotta dans cette aventure.

Après avoir fermé sa valise, elle la fit rouler jusqu'à la porte de sa chambre. A présent, elle n'avait plus qu'à se changer, avant de se rendre à l'aéroport, le plus discrètement possible.

Dans quelques heures, elle se trouverait à bord d'un avion se dirigeant vers Heathrow. Ensuite, elle se ferait héberger chez l'une ou l'autre de ses anciennes camarades de pensionnat résidant à Londres. Ou chez des amis.

Avait-elle vraiment des *amis* ? se demanda soudain Sophia. Pouvait-elle compter sur ces anciennes relations qui passaient leur temps à surfer de soirée en soirée ?

Non, sans doute pas. Mais elle ferait de nouvelles connaissances, trouverait un emploi. N'importe quoi, pourvu qu'elle échappe au sort choisi et imposé par son père.

Après avoir enfilé une robe en lin, puis une veste, elle vérifia qu'elle avait tout ce dont elle avait besoin : son passeport était bien dans son sac à main, ainsi qu'un peu d'argent. La compagnie aérienne nationale la laisserait embarquer sans problème et, avec un peu de chance, personne ne se rendrait compte de son absence au palais avant le lendemain matin. A ce moment-là, il serait trop tard pour que son père l'empêche de partir.

Sophia aurait déjà atterri à Londres, prête à démarrer

une nouvelle vie. *Sa* vie, dont elle et elle seule serait maîtresse.

— Le dernier avion est parti ?

— Oui, Votre Altesse, il y a déjà plusieurs heures. Nous avons été contraints d'annuler la plupart de nos vols à cause du nombre de jets privés que nous avons dû accueillir. Le premier départ pour Londres aura lieu demain matin. Plusieurs journalistes ont réservé à bord.

Sophia tressaillit. Il était hors de question qu'elle voyage en pareille compagnie. Décidément, le sort s'acharnait contre elle : à moins d'un miracle, elle allait rester bloquée sur l'île, avant de se retrouver prisonnière d'une union non voulue.

— L'un des invités pourrait peut-être vous proposer de vous emmener à bord de son jet ?, suggéra une jeune employée en souriant.

— Non. Je ne crois pas…

Sophia s'interrompit en se rappelant soudain que Ash lui avait dit qu'il partirait un peu après minuit.

— Savez-vous si l'avion du maharajah de Nailpur a déjà décollé ? demanda-t-elle.

La jeune fille parcourut l'écran de son ordinateur.

— Il est encore sur la piste. Le départ est prévu dans vingt minutes, Votre Altesse. L'appareil est stationné à la porte des départs royaux — mais le maharajah retourne à Bombay, pas à Londres…

Sophia hocha brièvement la tête avant de reprendre sa valise. A présent, Ash ne pourrait pas faire autrement que de l'aider. Il avait vu le comportement injuste de son père ; il savait ce qu'elle ressentait. Il était *forcé* de l'aider.

Et puis elle ne lui demandait pas grand-chose : juste de l'emmener à Bombay. De là, elle reprendrait le premier avion en partance pour Londres.

En dépit de son style de vie glamour, Sophia avait toujours usé raisonnablement de sa rente, aussi avait-elle quelques économies qui lui permettraient de payer le vol Bombay-Londres. Et une fois sur le sol britannique…

Chaque chose en son temps, se dit-elle. Pour l'instant, l'important était d'embarquer à bord du jet de Ash et de le convaincre de la laisser partir avec lui.

Si les agents de sécurité en poste à la porte des départs royaux furent surpris de la voir arriver seule, sans personne pour s'occuper de ses bagages, ils n'en montrèrent rien et se contentèrent d'incliner la tête à son passage.

Leur attitude soulagea et troubla Sophia à la fois. Ce qu'elle était en train de faire était d'une audace insensée… Songeant à la réaction des membres de sa famille — surtout celle de son père — lorsqu'ils apprendraient son départ, elle fut parcourue d'un frisson glacé.

En agissant ainsi, elle défiait le roi et les principes solidement établis de la famille Santina. Après une telle infraction au code familial, elle ne pourrait plus revenir en arrière.

Sophia hésita un instant. Puis une image surgit dans son esprit : elle se vit debout dans une cathédrale, au pied de l'autel, à côté de l'étranger que son père avait choisi pour elle.

Cette vision suffit à lui redonner courage. Redressant les épaules, elle s'avança en faisant rouler sa valise, puis sortit du bâtiment avant de humer l'air tiède de la nuit d'avril.

Devant elle, au bout du tapis rouge étalé pour accueillir les invités venus du monde entier, elle aperçut le jet de Ash et reconnut ses armoiries sur le flanc de l'appareil.

Personne ne surgit sur son chemin pour l'arrêter, et elle gravit les quelques marches de la passerelle en portant sa valise. Celle-ci était bien lourde, se dit Sophia en pénétrant dans le jet vide, un peu essoufflée.

À vrai dire, elle n'avait pas l'habitude de porter ses bagages elle-même, ni même de les préparer…

La cabine principale était élégante mais austère, comparée à celles des jets privés qu'elle avait coutume d'emprunter. Visiblement, Ash utilisait cet avion comme une extension de son bureau. A la différence des hommes appartenant au cercle de la jet-set dans lequel elle évoluait, l'ami de son frère était avant tout un homme d'affaires, en dépit de son titre de maharajah.

A l'extrémité de la cabine, Sophia aperçut une porte. Sans réfléchir, elle s'avança et l'ouvrit, avant de découvrir une chambre équipée d'un grand lit. A côté de celui-ci, une autre porte donnait sur la salle de bains.

La cabine était plongée dans la pénombre et, quand Sophia s'approcha du hublot, elle vit Ash s'avancer à grands pas sur le tapis rouge, accompagné d'un steward en uniforme. Elle se raidit en retenant son souffle. Elle aurait voulu se précipiter vers lui et le supplier de la laisser rester à bord, mais il fronçait les sourcils d'un air irrité et impatient…

Sophia regarda la porte de la salle de bains. Et si elle se cachait là, tout simplement, et attendait qu'ils aient décollé pour révéler sa présence ? De cette façon, Ash serait bien forcé de l'emmener à Bombay.

De dimensions réduites, la salle de bains comportait néanmoins une douche assez grande et était équipée des commodités habituelles. Sa valise occupant presque toute la surface au sol, Sophia s'assit dessus après avoir refermé et verrouillé la porte.

Il y avait forcément une autre salle de bains dans le jet, aussi serait-elle en sécurité dans sa cachette, jusqu'au décollage.

***

Dès qu'il pénétra dans la cabine, Ash ôta sa veste et s'installa à son bureau avant d'ouvrir son ordinateur portable. Il aurait aimé échanger quelques mots avec Sophia avant de partir, notamment pour lui dire que son mariage ne serait pas aussi sinistre qu'elle le craignait, mais il n'avait pas réussi à la trouver.

Peut-être était-ce mieux ainsi, songea-t-il en repoussant son ordinateur. En effet, si elle lui avait demandé de nouveau de l'aider, qu'aurait-il fait ? Irrité de sentir sa libido réagir de manière éloquente, il se leva et fit quelques pas dans la cabine.

Son corps manifestait un besoin *physique*, rien de plus, et de toute façon il n'y avait aucune place pour Sophia dans sa vie.

Sophia sentit que l'avion commençait à rouler, puis qu'il prenait de la vitesse avant de quitter la piste.

Elle avait réussi ! Elle avait quitté Santina et, à présent, il était trop tard pour changer d'avis. Au matin, sa famille découvrirait qu'elle était partie, et son père… Eh bien, il serait furieux contre elle, mais puisqu'il ne voulait pas l'écouter elle n'avait pas d'autre moyen de lui signifier qu'elle ne voulait pas de ce mariage.

Lorsque l'avion eut atteint son altitude de croisière, Sophia ouvrit lentement la porte de la salle de bains. La pénombre régnait toujours dans la chambre mais, au bas de la porte communiquant avec la cabine principale, un rai de lumière filtrait.

Elle s'avança vers la porte avant de s'arrêter, soudain saisie par une terrible appréhension. Si elle allait rejoindre Ash dans cet état de vulnérabilité, elle risquait de… Qu'avait-elle à redouter ? Craignait-elle de se jeter dans ses bras pour le supplier de la réconforter, de la protéger ? C'était ridicule. Si elle paniquait de la sorte, c'était uniquement parce qu'elle venait de commettre l'acte le plus audacieux de sa vie.

Par conséquent, mieux valait attendre un peu avant d'aller retrouver Ash — juste le temps d'avoir recouvré ses esprits.

Le steward s'arrêta devant Ash et s'inclina. Embauché temporairement pour remplacer Jamail, qui avait dû rentrer chez lui pour s'occuper de sa mère malade, cet homme déplaisait à Ash. Il se montrait trop empressé, et il y avait quelque chose dans son regard qu'il n'aimait pas.

Toutefois, il était peut-être injuste envers lui, songea Ash en baissant les yeux sur sa montre. Il était un peu plus de 1 heure du matin et, comme il fallait au moins six heures pour rallier Bombay, il serait 9 h 30 heure locale quand ils atterriraient.

Il avait organisé le rendez-vous chez lui, en ville, pour gagner du temps. De cette façon, il pourrait partir pour Nailpur dès le jour suivant, afin de retourner à ses affaires et à son rôle de dirigeant de cet Etat du Rajasthan.

Un nouvel e-mail apparut dans sa boîte de réception, venant de Hassan. Son ami regrettait qu'ils n'aient pas eu le temps de se voir vraiment et de n'avoir pu échanger que quelques mots.

C'était vrai que maintenant, avec leurs vies bien remplies, Alex, Hassan et lui n'avaient pas souvent l'occasion de passer du temps ensemble. Ash répondit :

Tu devrais peut-être te fiancer aussi, comme ça, nous pourrions nous retrouver tous les trois !

Puis il se concentra sur les points cruciaux dont il voulait discuter le lendemain, avec le consortium qui allait gérer la rénovation de l'un des plus petits palais de Nailpur, destiné à devenir un hôtel de luxe.

Personnellement, Ash n'avait pas besoin de l'argent que rapporterait cette entreprise. Tout profit serait investi dans les projets visant à aider le peuple de Nailpur.

Il s'appuya à son dossier en songeant aux difficultés que lui et les jeunes directeurs qu'il avait embauchés rencontraient auprès des habitants. Il était difficile de convaincre les agriculteurs qu'en adoptant la technologie moderne ils obtiendraient un rapport coût-efficacité beaucoup plus intéressant.

Quant à l'hôtel et aux autres projets que Ash envisageait, ils attireraient les touristes et de nouveaux capitaux dans la région, ce qui aiderait celle-ci à devenir plus autonome. La terre et le climat offraient toutes les conditions nécessaires à la production de presque toute la nourriture destinée aux touristes, mais les paysans locaux avaient peur d'adopter les nouvelles méthodes d'agriculture proposées par Ash. Pour contourner le problème, celui-ci encourageait leurs fils, et leurs filles, à s'inscrire dans les lycées agricoles dans l'espoir qu'à leur retour ils parviendraient à convaincre leurs familles de se rallier à la technologie moderne.

Soudain, la porte menant à la petite cuisine s'ouvrit sur le steward, qui vint lui demander s'il désirait boire ou manger quelque chose.

Dans la chambre éclairée par les étoiles visibles depuis le hublot, Sophia était assise sur le lit, immobile. De peur que Ash ne découvre sa présence avant qu'elle ne soit prête à l'affronter, elle n'avait pas osé allumer. Mais elle ne pouvait pas rester cachée là indéfiniment.

Après avoir inspiré à fond, elle se leva et se dirigea

vers la porte, puis s'arrêta en entendant un bruit de voix :
Ash parlait avec quelqu'un.

Elle ne pouvait aller le retrouver maintenant, il fallait
qu'elle attende qu'il soit seul. Après s'être rassise, Sophia
étouffa un bâillement. La journée avait été longue et
épuisante, et ce lit semblait très confortable…

Deux minutes plus tard, après avoir ôté ses chaussures
et sa robe, elle se pelotonna sous les draps fins tandis
que ses paupières se fermaient déjà.

4.

4 heures… Dans deux heures environ, ils atterriraient. Il ferait bien d'aller dormir un peu, songea Ash en refermant son ordinateur.

Il entra dans la chambre sans se donner la peine d'allumer de lampe et se dirigea vers la salle de bains. Puis, après s'être déshabillé rapidement, il ouvrit le robinet de la douche.

Quelques instants plus tard, il s'essuya à la hâte avant d'enfiler l'un des deux épais peignoirs suspendus à la porte. Et quand il regagna la chambre, il alluma cette fois la lampe. Aussitôt, il se figea, n'en croyant pas ses yeux.

— Sophia ! Qu'est-ce que…

Réveillée en sursaut, Sophia se redressa sur son séant en serrant le drap contre sa poitrine.

— Je suis désolée, Ash, dit-elle aussitôt, le cœur battant à tout rompre. Je comptais aller te voir, je voulais t'avertir de ma présence à bord, mais tu parlais avec quelqu'un… Ensuite, j'étais si fatiguée que je… je me suis endormie…

C'était bien la dernière chose dont il avait besoin, songea Ash. Le parfum de la peau de Sophia lui titillait les narines, sensuel et féminin en diable, éveillant tous ses sens.

— Tu l'as fait exprès, n'est-ce pas ? répliqua-t-il d'un

ton accusateur. Alors que je t'avais dit que je ne pouvais pas t'aider ! Je n'aime pas qu'on me force la main, Sophia.

Sophia se hérissa. Comment osait-il l'accuser d'avoir tout manigancé, délibérément ?

— Tu te trompes, riposta-t-elle en redressant le menton. Je n'essaie pas de te forcer la main. Je suis allée à l'aéroport en espérant qu'il y aurait encore un départ pour Londres, mais la plupart des vols habituels avaient été annulés, à cause du nombre de jets privés arrivés sur l'île. Quand l'hôtesse m'a dit que le tien serait le premier à partir, je…

— Tu es montée à bord sans te poser de questions. Te rends-tu compte des conséquences diplomatiques que va entraîner ton attitude irresponsable ? Et je ne parle pas uniquement de ton père. Comment crois-tu que ton futur mari réagira en apprenant que tu t'es enfuie avec un autre homme, quelques heures après l'annonce de vos fiançailles ?

— Il ne sera jamais mon mari. Jamais. Je regrette qu'il n'y ait eu que ton avion, Ash, je t'assure, mais je n'avais pas le choix. Je ne laisserai pas mon père me sacrifier au profit de son ambition. Tout ce que je veux, c'est aller à Londres. J'ai mon passeport. Dès que ton jet aura atterri à Bombay, tu seras débarrassé de moi.

Elle lui lança un regard hautain.

— De toute façon, je m'étais trompée. Je te prenais pour un être spécial, Ash, un vrai héros, quelqu'un vers qui je pouvais me tourner, mais c'était une erreur. Pourtant j'aurais dû m'en douter, puisque tu m'as rejetée autrefois, alors que j'avais placé toute ma confiance en toi.

Saisissant aussitôt l'allusion, Ash se sentit blessé dans son amour-propre.

— Lorsque tu m'as offert ta virginité, je l'ai refusée pour ton bien, tu le sais. Tu avais seize ans, Sophia. En te prenant ton innocence, je t'aurais déshonorée et j'aurais failli à mon devoir.

— N'en parlons plus. A présent, je ne te demande qu'une chose : m'emmener à Bombay. De toute façon, personne ne saura que j'ai quitté l'île avec toi.

— En effet, pour la simple raison que, de fait, tu n'es pas partie *avec* moi. Mais, pourquoi Londres ?

— J'ai des amis là-bas, répondit-elle en évitant son regard.

— Des *amis* — ou un homme ? Un amant qui…

— Non ! protesta Sophia en le regardant dans les yeux.

A présent, la crainte d'être découverte par Ash faisait place à une sensation beaucoup plus insidieuse, qui se propageait dans tout son corps. Sous son peignoir noué à la hâte, Ash était sans doute complètement nu. Mais pourquoi cela l'aurait-il troublée ? Elle ne le désirait plus, depuis longtemps.

Pourtant, Sophia ne pouvait détacher son regard de l'échancrure du peignoir, laissant entrevoir la toison sombre couvrant son torse puissant, un ventre plat et musclé…

Dans cet espace réduit, il ressemblait vraiment à un fauve enfermé dans une cage, songea-t-elle en le regardant marcher de long en large dans la cabine d'un air courroucé.

Elle déglutit avec peine et détourna les yeux.

— Je devrais demander à mon pilote de faire demi-tour et…

Cédant à la panique, Sophia s'élança vers lui et lui saisit le bras. Mais, dans le mouvement, le drap protégeant sa nudité glissa à terre.

Ses seins étaient ravissants, sa taille délicieusement fine, mettant en valeur ses hanches rondes. Quant au minuscule triangle de dentelle censé dissimuler sa fémi-nité, il ne servait qu'à attirer l'attention sur cette partie exquise de son anatomie.

Cette fois, la réalité submergea Ash : il désirait Sophia, même si ce constat lui déplaisait au plus haut point.

Dans la lumière tamisée, sa peau dorée luisait doucement… Dans cet environnement sobre, presque monacal, la sensualité émanant de son corps superbe paraissait encore plus luxuriante.

Au fond, l'austérité de ce décor reflétait le vide de sa vie émotionnelle, se dit-il soudain. Mais devant le corps presque nu de Sophia, prêt à s'offrir à la volupté, il ne pouvait plus refouler le bouillonnement intérieur qui l'avait tourmenté toute la soirée.

A cet instant, alors que Sophia s'efforçait de remonter le drap sur sa poitrine, l'avion perdit brusquement de l'altitude. Déstabilisée, elle laissa échapper un halètement tandis qu'elle se trouvait projetée vers le lit.

Sans réfléchir, Ash tendit les bras pour l'empêcher de tomber. Cette initiative s'avéra désastreuse : il tenait maintenant le corps nu de Sophia à quelques centimètres du sien, qui réagit violemment à ce contact.

Il aurait dû la lâcher, quitter cette cabine, mais au contraire il attira Sophia contre lui.

C'était impossible… Cela ne *devait* pas arriver, se répéta Sophia. Mais il était trop tard. Par ailleurs, en total désaccord avec sa volonté, son corps traître *désirait* ce qui se passait en cet instant.

Fascinée, elle vit les longs doigts se poser sur son sein gauche, puis la tête brune de Ash se pencher avant de déposer de minuscules baisers brûlants sur le téton de l'autre sein.

Sophia ferma les yeux tandis qu'une coulée de lave chaude inondait ses veines. D'où venait ce plaisir pur et si intense ? Cet instinct qui jaillissait du plus profond de son être ? Pourtant Sophia, totalement inexpérimentée en dépit de sa réputation scandaleuse, n'avait jamais connu une telle intimité.

Elle posa les mains sur la tête de Ash et la maintint contre son sein. Puis, creusant les reins, elle s'abandonna à la volupté qui avait pris possession d'elle.

Les sensations qui naissaient sous la bouche de Ash diffusaient une douce chaleur dans tout le corps de Sophia, mais surtout à l'endroit le plus intime de sa féminité. Cet endroit secret palpitait, répondant à chaque caresse prodiguée par les mains et la bouche expertes de Ash.

Le désir vibrait en elle, exigeant un assouvissement immédiat. Pourtant, elle s'était promis de préserver son trésor le plus précieux, de ne l'offrir qu'à l'homme qu'elle aimerait et qui l'aimerait en retour.

Ash laissa échapper une plainte rauque. Sophia était tout ce qu'il s'était refusé à imaginer, et bien plus encore. A présent, la réserve qu'il avait tenté de s'imposer durant toute la soirée cédait, emportée par un torrent impétueux.

Un parfum de vanille et d'amandes se dégageait du corps de Sophia, sa chair était brûlante, prête à s'abandonner au plaisir. Les pointes sombres de ses seins frémissaient, de plus en plus dures. Ash glissa une main entre ses cuisses et caressa l'endroit où bouillonnait le désir de Sophia. Aussitôt, sa virilité réagit, lui arrachant un nouveau soupir. Son membre était dur et prêt, lui aussi, et si excité que c'en était presque douloureux.

Ash défit à la hâte la culotte de Sophia, finement nouée sur ses hanches. Son sexe s'offrit alors à ses caresses, doux et délicat. Au moment où Ash allait s'aventurer dans les plis humides et chauds, quelqu'un frappa à la porte avant d'entrebâiller celle-ci.

Il eut à peine le temps d'envelopper le corps nu de Sophia dans le drap et de refermer son propre peignoir avant que le steward ne pénètre dans la pièce. Les yeux écarquillés, l'homme s'excusa et sortit en bredouillant qu'en raison de forts vents contraires l'avion atterrirait avec environ quinze minutes de retard.

Submergé par une vague de dégoût, Ash se sentit glacé. Comment avait-il pu renoncer ainsi à tout self-control ?

— Tu ferais mieux de te rhabiller, dit-il sans regarder Sophia.

Quelle folie s'était donc emparée d'elle ? se demanda-t-elle avec un mélange de stupeur et d'incrédulité. Elle renfila ses vêtements en silence tandis que Ash se rhabillait lui aussi, puis, sans un mot, ils quittèrent la cabine.

Lorsque le pilote annonça qu'ils allaient atterrir, Ash n'avait pas adressé la parole à Sophia une seule fois. Mais c'était parfait ainsi. En effet, elle était encore trop sous le choc et trop furieuse contre elle-même de s'être comportée de façon aussi irresponsable, aussi insensée…

— Boucle ta ceinture, dit soudain Ash d'un ton sec.

A cet instant, Sophia surprit le regard du steward dardé sur elle et frémit. Grâce au réflexe de Ash, il n'avait pas vu son corps nu, mais il savait fort bien ce qui s'était passé.

Désormais, à cause de ce moment de folie, elle ne pourrait plus jamais prétendre avoir conservé sa pureté intacte. Jusqu'à son dernier jour, elle se souviendrait d'avoir trahi la promesse faite à elle-même, en succombant à… à un désir qu'elle avait cru anéanti des années plus tôt, songea Sophia tandis que l'avion roulait sur la piste.

Le vol pour Londres serait long, lui aussi, se dit-elle alors. Restait à espérer qu'elle n'attendrait pas trop longtemps à l'aéroport avant de repartir.

Sophia regarda sa montre. Au palais, on se réveillait peu à peu, et sa bonne allait bientôt découvrir sa chambre vide et constater qu'elle n'avait pas dormi dans son lit. Sophia sentit son ventre se nouer, mais sa résolution n'avait pas faibli d'un iota : elle n'épouserait pas le prince espagnol choisi par son père.

Lorsque Ash déboucla sa ceinture de sécurité et se leva, elle l'imita aussitôt.

— Ma valise, lança-t-elle en le voyant se diriger vers la porte.

— Laisse cela, répliqua-t-il d'un ton brutal.

Il s'effaça pour la laisser passer.

— Le steward va s'en occuper, poursuivit-il.

— Mais je voudrais prendre le premier vol pour Londres…

Elle s'interrompit et resta figée sur place : caméramans et photographes se bousculaient au bas de la passerelle.

Sans doute agacé de la voir rester immobile, Ash se rapprocha avant de s'arrêter en poussant un juron étouffé.

— Félicitations ! Tu as bien réussi ton coup : fuir clandestinement, et t'arranger pour montrer ton exploit au monde entier, dit-il avec colère.

— Non, c'est faux ! protesta Sophia. Je n'y suis pour rien, je t'assure !

Il la foudroya du regard. Il ne la croyait pas, c'était évident.

Ces fichus paparazzi… Aucun moyen d'y échapper, reconnut Ash. Faire demi-tour et se réfugier dans l'avion n'aurait servi qu'à alimenter leurs ragots et à les exciter.

Ils n'avaient pas le choix : il fallait affronter la meute.

— Allons-y, dit-il en prenant fermement le bras de Sophia.

Dès qu'ils atteignirent le bas de la passerelle, les questions indiscrètes fusèrent de toutes parts.

— Est-ce vrai que vous êtes ensemble et que vous avez fui votre fiancé, Sophia ?

— Pourriez-vous nous dire deux mots sur la nuit que vous avez passée à bord du jet ?

— Le roi Eduardo est-il au courant de votre liaison ?

— Allez-vous rester ensemble, ou la princesse va-t-elle retourner à son fiancé ?

56

— Avez-vous apprécié les divertissements inclus dans le vol, Votre Altesse ? demanda un type d'un ton goguenard.

En même temps, il braquait l'objectif de la caméra sur le visage de Sophia. Incapable de supporter cette violence, elle se tourna vers Ash et lui agrippa le bras, avant d'appuyer son visage contre sa poitrine pour se dérober aux regards indiscrets et avides dardés sur elle.

— Merci, princesse ! s'écria l'un deux. La photo va être fantastique !

— Ainsi, j'avais raison : c'est toi qui a orchestré tout ceci, lança Ash d'un ton accusateur. Tu n'as donc aucun sens de l'honneur, ni aucune dignité ? Ta réputation t'est-elle indifférente ? Sans parler de celle de ton père et de ton fiancé, quand ces… ces prédateurs vont étaler leurs photos dans les journaux du monde entier, et diffuser leurs vidéo sur tous les supports possibles et imaginables. Tu t'en moques complètement, c'est cela ?

— Je n'ai rien fait, se défendit Sophia d'une voix tremblante.

Que Ash la croie responsable de la présence des paparazzi lui était insupportable. Son attitude la blessait, tout autant que celle des journalistes la plongeait dans une inquiétude sans nom.

Certes, Sophia avait l'habitude d'être harcelée par la presse, de se voir bombardée de questions indiscrètes concernant sa vie privée et ses relations avec les hommes. Mais jusque-là, elle s'était sentie protégée à la pensée que quoi que racontent les journalistes, toutes leurs allégations étaient fausses.

A présent qu'elle avait partagé son intimité avec Ash, et que le steward les avait surpris ensemble dans sa cabine, dans une situation dépourvue de toute ambiguïté, tout avait changé.

— Je n'aurais vraiment eu aucun intérêt à les prévenir,

poursuivit-elle. Je ne veux pas que mon père sache que je suis ici, au contraire : jusqu'à mon arrivée à Londres, je souhaite qu'il ignore tout de mon escapade.

— Personne d'autre que toi n'aurait pu les prévenir.

A cet instant, Ash aperçut le steward qui se faufilait parmi les journalistes, puis s'arrêtait devant l'un d'eux. Celui-ci lui tendit alors une épaisse enveloppe, que le steward glissa aussitôt dans sa poche en jetant un coup d'œil par-dessus son épaule.

Ainsi, il avait eu raison de se méfier de ce type, songea Ash. Et apparemment Sophia était sincère. Ce n'était pas le moment d'interroger le steward, mais ce salaud ne perdait rien pour attendre…

— Par ici, dit-il à Sophia en l'entraînant par le bras.

Il se fraya un passage parmi les paparazzi avant de se diriger vers la limousine qui l'attendait.

— Je ne veux pas quitter l'aéroport, s'écria Sophia. Je dois trouver un vol pour Londres.

— Et moi, je dois me rendre à mon bureau pour un rendez-vous très important, riposta Ash. C'est là que nous allons pour l'instant, à moins, bien sûr, que tu ne souhaites que je t'abandonne à ces rapaces… Nous nous occuperons de ton billet plus tard.

Horrifiée à la pensée qu'il puisse envisager de la laisser seule avec les journalistes, Sophia monta à bord de la limousine sans ajouter un mot.

Bien qu'elle ait toujours désiré venir à Bombay — et pas seulement parce que ce pays était celui de Ash —, Sophia n'avait jamais mis le pied sur le sol indien.

Lorsque la limousine s'engagea dans les rues animées de la ville, elle resta tournée vers la vitre en écarquillant les yeux, avide de tout voir.

— Tout est si coloré, si vivant ! murmura-t-elle en se

retournant brièvement vers Ash. En comparaison, tous les pays que j'ai visités semblent ternes…

Soudain, alors qu'ils attendaient que le feu change de couleur à un carrefour, un jeune garçon surgit de nulle part avec un seau d'eau à la main et entreprit de nettoyer le pare-brise de la limousine, en dépit des signes énergiques du chauffeur qui lui demandait de s'écarter du véhicule.

Lorsque le gamin malingre vit que Sophia le regardait, il lui adressa un large sourire et interrompit son astiquage pour venir de son côté.

Quand il la vit fouiller dans son sac à main, Ash tressaillit en repensant à Nasreen. Elle n'aimait pas les pauvres et n'avait jamais tenté de dissimuler son mépris pour eux.

— Tiens, dit-il en sortant une pièce de la poche de son pantalon.

De toute façon, Sophia n'avait pas d'argent indien. A cet instant, le chauffeur redémarra.

— Oh ! demande-lui de s'arrêter, Ash : je voudrais donner cet argent au garçon, supplia Sophia en lui adressant un charmant sourire.

Tout homme aurait été séduit par un tel sourire, songea-t-il. Et par Sophia elle-même… Aussitôt, Ash repoussa cette pensée d'un haussement d'épaules et accéda à sa requête.

Après avoir quitté le centre de la ville, ils empruntèrent une route longeant le front de mer. De l'autre côté, Sophia découvrit avec surprise les beaux immeubles Art déco qu'elle n'avait jusque-là vus qu'en photo. Avant qu'elle n'ait pu interroger Ash, la limousine emprunta une autre route menant à un quartier résidentiel, dont les immeubles contemporains affichaient un luxe époustouflant.

Quelques instants plus tard, le chauffeur arrêta le

véhicule devant une haute construction au style particu-
lièrement audacieux.

— Ma valise, rappela-t-elle à Ash.

Sophia ignora la main qu'il lui tendait pour l'aider à
sortir de la limousine. En effet, elle préférait éviter le
moindre contact physique, de crainte d'attiser le feu qui
couvait encore en elle.

— Le chauffeur la fera monter à l'appartement,
répliqua Ash en consultant sa montre.

Trouver un vol pour Sophia ne devrait pas prendre trop
de temps. Bien sûr, il aurait pu la laisser se débrouiller,
mais ce n'était pas dans ses habitudes. Ash avait été élevé
dans le sens des responsabilités envers son héritage et du
devoir envers ceux qui dépendaient de lui. Ces principes
faisaient partie du rôle de maharajah qui lui avait échu
dès sa naissance.

Quand il aurait des enfants à son tour, un fils — un
héritier —, il ferait en sorte que celui-ci comprenne les
devoirs incombant aux privilèges et à la fortune dont il
hériterait, mais sans l'accabler pour autant d'un poids
trop lourd à porter pour ses jeunes épaules.

Un enfant devait avoir le droit d'être un enfant et de
grandir entouré de l'amour de ses parents, ainsi que dans
le respect mutuel. Devenu orphelin très tôt, Ash avait
manqué de cet amour, mais il savait par ailleurs que le
fait d'avoir des parents ne représentait pas une garantie.
Sophia en était la preuve.

Sophia… Voici qu'il se laissait de nouveau aller à la
compassion.

Ash s'arrêta un instant dans le hall et se retourna vers
elle. Ses cheveux bruns étaient légèrement décoiffés,
son visage ne portait aucun maquillage, mais ses yeux
sombres brillaient de curiosité tandis qu'elle regardait
autour d'elle, les lèvres entrouvertes.

A son grand dépit, le désir, brut, sauvage, et totalement malvenu, jaillit une fois encore en lui.

— L'ascenseur est par là, dit-il en détournant les yeux.

Sophia le suivit, tout en regrettant qu'il ne l'ait pas laissée à l'aéroport. A présent, elle aurait déjà trouvé une place à bord d'un vol pour Londres, songea-t-elle avec irritation.

Comme tout l'immeuble, l'ascenseur était très moderne, tout de verre et acier. Et, lorsque Sophia pénétra dans l'appartement, elle ne fut pas du tout surprise de découvrir un vaste espace ouvert, dont l'un des murs était remplacé par une immense paroi vitrée donnant sur une terrasse. De là, le panorama était d'une beauté à couper le souffle.

Le blanc dominait dans la pièce, ponctué d'un large éventail de gris et de quelques touches d'un somptueux noir mat. Un univers tout en élégance masculine. Comme Ash lui-même, songea Sophia en sentant une bienfaisante chaleur se propager dans son ventre.

— Assieds-toi. Je vais préparer un petit déjeuner.

— Je n'ai pas faim, Ash. Je ne désire qu'une chose : aller à Londres. Je ne voulais pas venir ici…

Sophia s'interrompit tandis que son mobile émettait le bip annonçant l'arrivée d'un texto. Elle se raidit en serrant nerveusement son sac. A Santina, tout le monde devait maintenant savoir qu'elle avait quitté le palais.

Dès que Ash sortit de la pièce, elle prit son téléphone : le message venait de Carlotta.

Qu'est-ce que tu fabriques ? Tu as été surprise au lit avec Ash, on ne parle que de cela sur internet ! Les journalistes sont venus et ont essayé de soutirer la vérité à père sur ta relation avec Ash. Il ne leur a rien dit, bien sûr ! Au contraire, il est sorti en trombe de la pièce. Il est très en colère, Sophia. Et humilié. J'espère que ça en vaut la peine. Mais, vu mon expérience, j'ai des doutes…

Les doigts tremblants et le cœur battant à tout rompre, Sophia supprima rapidement le message.

Dans la cuisine, la télévision diffusait un bulletin d'informations, sur une chaîne anglaise. Quand son propre visage apparut sur l'écran, Ash reposa la carafe de jus de fruits frais avant de rester figé devant le poste.

« Après la découverte de la présence de la princesse Sophia à bord du jet du maharajah de Nailpur, indiqua le présentateur, un porte-parole du palais de Santina a fait une déclaration officielle expliquant que lorsque la princesse Sophia avait informé son père qu'un homme allait venir lui demander sa main, le roi Eduardo avait préféré ignorer l'existence de sa liaison avec le maharajah. Pensant qu'elle faisait allusion à un autre prétendant, il avait annoncé des fiançailles…

» L'affaire ayant maintenant été élucidée, le roi est ravi de faire savoir que la princesse Sophia est fiancée au maharajah de Nailpur… »

Quittant brusquement la cuisine, Ash regagna le salon et saisit la télécommande. Dès qu'il eut appuyé sur une touche, l'écran caché apparut sur son socle de verre.

— Que se passe-t-il ? demanda Sophia en écoutant un présentateur détailler la météo prévue pour le lendemain.

— Attends, dit Ash d'une voix crispée.

Immobile sur le sofa, elle se concentra sur le journaliste qui présentait les gros titres du journal.

« Pour commencer, j'ai une mauvaise nouvelle à annoncer à tous les marieurs et marieuses de Bombay. En effet, le roi de Santina vient d'annoncer que la benjamine de la famille, la princesse Sophia, allait épouser le maharajah de Nailpur… »

Horrifiée et incrédule, Sophia écouta les précisions que donnait maintenant le journaliste en souriant.

Quand il passa à un autre sujet d'actualité, elle se tourna vers Ash.

— Tu vas devoir parler à mon père, dit-elle d'une voix blanche. Lui expliquer…

— Je vais lui parler, en effet, et le plus vite possible, répliqua-t-il d'un ton froid. Mais, de toute évidence, il a estimé qu'il n'avait pas le choix. La vraie responsable de cette situation, c'est toi, Sophia. En montant clandestinement à bord de mon jet, tu as déclenché un processus inexorable.

Qu'aurait-elle pu répondre à cela ? songea Sophia en le regardant sortir son smartphone de sa poche. Il avait l'air si sombre, si furieux… Pour la première fois de sa vie, elle se trouvait face à un homme encore plus impressionnant et plus redoutable que son père.

Ash le maharajah, le dirigeant de son peuple… Un Ash qui ne reculerait devant rien pour sauvegarder l'intégrité et l'honneur de son titre. Sophia le comprit d'instinct, et cette certitude la fit frémir au plus profond d'elle-même.

Lorsque Ash appela le palais, on lui passa aussitôt le roi Eduardo. Visiblement, le père de Sophia attendait son appel.

— Ash, lâcha le souverain d'une voix dure.

— Majesté… Il y a eu un malentendu.

— Un malentendu ? répéta son interlocuteur. Il n'y a *aucun* malentendu : vous avez humilié publiquement ma famille, et le fiancé de Sophia !

— Je comprends votre colère, Majesté, mais je peux vous l'assurer : rien ne s'est passé qui puisse vous nuire, ni à vous ni au fiancé de Sophia.

Sophia l'écoutait parler tout en s'efforçant de refouler son désespoir.

— La vérité, poursuivit-il, c'est que Sophia a été

bouleversée par l'annonce inattendue de ses fiançailles. Dans un instant de panique, elle est montée à bord de mon jet à mon insu, en espérant gagner Londres, via Bombay. Elle a commis là un acte impulsif, irréfléchi, je vous l'accorde, mais elle n'avait aucunement l'intention de causer de l'embarras à quiconque.

— Allez-vous maintenant me dire qu'elle vous a fait ces confidences sur l'oreiller, à bord de votre jet ? Me prenez-vous pour un imbécile ? Sophia ne désire peut-être pas se marier, mais elle n'a pas le choix. Et c'est sa propre faute. Son nom et sa photo font la une de tous les journaux à sensation, elle est associée aux pires ragots, elle s'affiche avec un homme différent chaque semaine — et maintenant ce nouveau scandale…

Son père parlait si fort et était si furieux que Sophia entendait tout ce qu'il disait. Le visage en feu, elle subissait un véritable martyre.

De toute façon, il ne la comprenait pas, il ne l'avait jamais comprise.

— Eh bien, il n'y a plus qu'une chose à faire, à présent, poursuivit le roi Eduardo : vous devez l'épouser, le plus rapidement possible. A partir de maintenant et jusqu'à ce qu'elle devienne votre femme, Sophia ne fait plus partie de la famille. Et, si vous ne l'épousez pas, je la renierai et la déshériterai. Elle n'a apporté que de la honte et des ennuis dans cette famille : cela suffit ! La seule façon pour elle de se racheter, c'est de mettre un terme à ces ragots infâmes en vous épousant.

Ash entendit un bruit sec à l'autre bout du fil : le roi lui avait raccroché au nez.

5.

Elle avait entendu les paroles de son père, comprit-il en regardant Sophia.

Le roi Eduardo l'avait mis dans une position intenable, et maintenant un tumulte d'émotions contradictoires se bousculaient en lui.

Sa fierté se rebellait à la pensée que quiconque, même un pair royal, lui donne des ordres. Et pourtant, son propre sens du devoir lui imposait une décision en accord avec le désir du roi. En effet, Ash ne pouvait trahir l'héritage de ses ancêtres, ni l'amitié qui le liait au frère de Sophia — et, en un sens, son devoir envers Sophia elle-même. En refusant de l'épouser, il la condamnait à la disgrâce et à l'humiliation.

— Mon père ne pensait pas ce qu'il a dit, fit Sophia d'une voix mal assurée.

Le dictat de son père l'avait choquée, mais ce qui l'avait troublée encore davantage, c'était la douleur aiguë qui l'avait saisie en songeant à ses rêves d'adolescente. Comme ils étaient différents de la dure réalité !

Elle avait si souvent rêvé d'épouser Ash, autrefois, imaginant une relation romantique, pleine d'amour et de bonheur partagés…

— Nous ne pouvons pas nous marier, Ash.

— Nous n'avons pas le choix, répliqua-t-il brutalement.

— Je veux me marier par amour.

— Tu as perdu ce droit en montant à bord de mon jet sans me demander mon avis.

Sophia redressa les épaules pour chasser la douleur qui naissait dans sa poitrine. Des années plus tôt, elle s'était juré qu'il n'aurait plus le pouvoir de lui faire mal. Elle était devenue *insensible* à Ash.

Ainsi qu'elle l'avait prouvé dans la cabine de son jet ? Aussitôt, une chaleur brûlante envahit son corps au souvenir de ce qui s'était passé.

— Non, je l'ai perdu en venant au monde, murmura-t-elle.

Ash resta silencieux, l'air sévère et résolu. Subitement, Sophia sentit son appréhension se muer en une véritable terreur.

L'homme qui se trouvait devant elle était un maharajah, un chef d'Etat, un homme qui ne laisserait aucun obstacle entraver son chemin. Un dirigeant qui entendait agir en conformité avec son devoir envers son peuple. Or sa présence non désirée représentait un obstacle réel pour lui, songea-t-elle en sentant un frisson glacé lui parcourir le dos.

— Je me trouve au milieu de négociations très importantes, avec des gens pour qui le sens moral est capital, dit-il. Si je ne t'épouse pas, ma réputation d'homme d'honneur en sera souillée. Je ne peux pas me le permettre. J'ai un devoir à remplir envers mes ancêtres — et surtout envers mon peuple. Leur avenir, l'éducation de leurs enfants et l'avenir de ceux-ci dépendent en grande partie du développement de l'économie locale.

Il fronça les sourcils.

— Si l'on sait, comme ce sera le cas, que ton père a insisté pour que je t'épouse et que j'ai refusé, mes projets se verront sérieusement compromis. Pour les gens de notre rang et de notre statut, c'est ainsi que cela fonctionne : tu le sais aussi bien que moi, Sophia.

Chacune de ses paroles confirmait ses pires craintes. A présent, Sophia savait très bien où se situaient les priorités de Ash. Et celles-ci ne correspondaient pas du tout aux siennes.

Ash se détourna et regarda par la fenêtre. Il ne désirait vraiment pas en arriver là, mais il n'avait pas le choix. L'honneur attaché à son nom devait passer avant toute autre considération, avant tout intérêt ou tout sentiment personnels. Et puis, il devrait bien se marier un jour ! Aux yeux du monde extérieur, son mariage avec Sophia serait considéré comme une décision pratique, raisonnable et acceptable. De toute façon, il fallait un héritier au maharajah de Nailpur.

Un héritier conçu avec Sophia, au sein d'un mariage arrangé, par devoir ?

L'espace d'un instant, Ash se rappela l'intensité des instants qu'ils avaient partagés dans la cabine de son jet. Il essaya de repousser ce souvenir, mais il était trop tard : des images torrides défilaient dans son esprit.

Evitant soigneusement de la regarder, il reprit :

— Nous savons tous les deux que si nous avions eu le choix nous n'aurions pas envisagé ce mariage, mais puisque nous ne l'avons pas… A en juger d'après ce qui s'est passé hier soir, nous pouvons au moins espérer une bonne entente physique. Et comme tu le sais toi-même d'expérience, j'en suis sûr, une sexualité harmonieuse améliore la vie de ceux qui la partagent.

Une sexualité harmonieuse ? Son expérience ? Etait-ce là le mariage dont Sophia avait rêvé, fondé sur de l'amour vrai et réciproque ?

A cet instant, une sonnerie discrète retentit.

— C'est mon rendez-vous, dit Ash. Dès qu'il sera terminé, j'entamerai l'organisation de notre mariage. Vu les circonstances, efficacité et discrétion seront de mise. En présentant notre union comme un fait accompli, nous mettrons un terme aux rumeurs et aux spéculations, plus sûrement qu'en annonçant notre mariage prochain à la presse.

Cette fois, il se tourna vers Sophia avant d'ajouter :

— Dès que nous serons mariés, nous irons à Nailpur. J'ai des affaires à régler là-bas, et cette retraite nous permettra de respirer, le temps que les journalistes se calment et passent à autre chose. Quand nous reviendrons dans le monde, tu seras ma femme.

— Et la mère de ton enfant ? demanda Sophia, la bouche sèche.

— Oui. Si nous avons la chance de concevoir rapidement.

Il lui adressa un regard sévère.

— Que cela soit bien clair, Sophia : ta conduite sera celle d'une femme mariée, fidèle à son époux et à ses vœux de mariage.

— Tu veux dire un mariage dénué d'amour, avec un époux que je n'ai pas choisi ?

— C'est à cause de ton propre comportement que nous nous trouvons dans cette situation, répliqua Ash d'un ton glacial. Quant à l'amour, c'est la dernière chose que j'attendrai de notre mariage — et en dehors de lui. Pour le bien des enfants, j'espère que notre union sera respectable, et que nous ne ferons rien qui puisse faire rejaillir le déshonneur sur eux, ni sur leur famille.

Tant de fierté, tant d'importance accordée au devoir ! songea Sophia. Et aucune place pour l'amour. Pourtant, Ash avait aimé Nasreen. Avait-il enterré son cœur et sa capacité à aimer avec sa première épouse ?

Question stupide, se dit-elle aussitôt. Pourquoi se serait-elle souciée de cela ? Elle aussi avait sa fierté et, grâce à celle-ci, Sophia ne commettrait jamais l'erreur de désirer l'amour de Ash.

Après avoir frappé brièvement, un assistant de Ash entra dans la pièce.

— Votre Altesse, je suis désolé de vous déranger, mais M. Alwar Singh est arrivé, accompagné de son comptable et de son avocate.

— Merci, Kamir, dit Ash en se dirigeant vers la porte ouverte. Entrez, monsieur Singh, je vous en prie.

Il tendit la main à un homme distingué d'une cinquantaine d'années, suivi d'une femme élégante aux cheveux noirs, vêtue d'un superbe *salwar kameez*, tenue portée par les femmes dans le nord et le nord-ouest de l'Inde, consistant en un pantalon ample resserré aux chevilles et une tunique. Derrière elle entra un homme en costume classique.

— Je suis désolé de vous avoir fait attendre, reprit Ash. Avant de passer dans mon bureau, permettez-moi de vous présenter ma fiancée, la princesse Sophia de Santina.

Il se tourna en souriant vers elle, mais son sourire était feint, remarqua Sophia. Habituée au protocole et aux bonnes manières, elle n'eut aucun mal à s'avancer vers M. Singh et ses compagnons avant d'accepter leurs félicitations.

Ash avait tenu à la présenter. En agissant ainsi, il rendait leur mariage officiel, si bien qu'à présent il serait impossible de revenir en arrière.

— Kamir, voudriez-vous aller demander dans la cuisine qu'on serve le thé dans mon bureau, s'il vous plaît ?

Il se tourna vers Sophia avant d'ajouter d'un ton poli :

— Si tu veux bien nous excuser, Sophia…

— Nous essaierons de ne pas le garder trop longtemps, dit M. Singh en souriant avant de quitter la pièce.

Sophia se retrouva seule dans le vaste espace silencieux. Seule avec la perspective terrifiante d'un avenir vide, et l'échec définitif de l'objectif qu'elle s'était promis d'atteindre un jour.

Soudain, elle repensa au texto de Carlotta. Prenant son mobile dans son sac, elle lui envoya un bref message.

Vais épouser Ash.

Puis elle éteignit l'appareil. Au même instant, la porte s'ouvrit sur un jeune homme en veste blanche, qui lui demanda si elle désirait du thé ou du café.

— Du café, merci.

Dans son bureau, Ash avait beau s'efforcer de se concentrer sur les propos de Alwar Singh, ses pensées étaient ailleurs. Il venait d'officialiser ses fiançailles avec Sophia, de façon à la fois publique et privée. Elle serait sa femme. La réaction de son corps fut immédiate et fort éloquente.

Toutefois, Ash ne commettrait pas deux fois la même erreur. Ce mariage serait fondé sur le plus pur pragmatisme et devrait notamment répondre à son besoin d'avoir un héritier. L'amour n'y tiendrait *aucune* place et, par ailleurs, il serait exclu que Sophia continue de mener sa vie de dépravée…

Le comptable de Alwar Singh parcourut des chiffres concernant la transformation du vieux palais abandonné en hôtel de classe internationale.

— Vous aurez bien entendu une part de quarante pour cent, dit l'avocate.

— Cinquante, conformément à ce qui avait été décidé, lâcha Ash d'une voix ferme.

— C'est M. Singh qui investira le plus et qui prendra le plus de risques dans l'affaire.

— Non, répliqua Ash. En tant que maharajah de

Nailpur, j'ai des responsabilités envers mon peuple et l'héritage culturel laissé par mes ancêtres. Si le patrimoine historique *unique* du palais est endommagé, de quelque façon que ce soit, au cours du processus de transformation, un bien irremplaçable sera détruit — non seulement pour nous tous, au présent, mais aussi pour les générations futures. C'est ma part de risques.

Lorsque le rendez-vous fut terminé et ses visiteurs partis, Ash se concentra sur les aspects légaux et pratiques de son mariage.

Dans le salon, Sophia reposa le magazine anglais qu'elle essayait en vain de lire. Dès lors qu'elle était libérée de la présence de Ash, son désir d'indépendance refaisait surface. Son désir d'indépendance, ou sa peur ?

Mais, au fond, qu'avait-elle à craindre ? Son mariage avec Ash aurait représenté un danger si elle était restée vulnérable à lui, si l'amour qu'elle avait éprouvé autrefois pour lui avait encore existé. Or ce n'était pas le cas.

Seul son désir de contrôler sa propre vie lui dictait de fuir. Qu'est-ce qui l'empêchait de s'en aller ? Rien. Sophia avait l'opportunité de se prouver à elle-même qu'elle était assez forte pour revendiquer son droit à la liberté.

De toute façon, il n'aurait servi à rien d'essayer de faire comprendre à Ash ce qu'elle ressentait. De toute évidence, ses sentiments ne comptaient pas pour lui.

Lorsque le jeune homme revint chercher le plateau, elle demanda calmement :

— Pourriez-vous m'apporter ma valise, s'il vous plaît ?

Il hocha la tête et quitta la pièce.

*
* *

Ash venait de raccrocher le téléphone quand le plus jeune de ses assistants entra dans son bureau après avoir frappé.

— La princesse Sophia a réclamé sa valise, Votre Altesse.

Lorsque la porte se rouvrit, Sophia se retourna, mais ce n'était pas le jeune homme avec sa valise.

C'était Ash et, à en juger par l'expression réprobatrice qui se lisait sur ses traits, il avait deviné ses intentions.

Elle inspira à fond.

— Je ne veux pas t'épouser, Ash. Je crois que ce ne serait pas juste, ni pour toi ni pour moi.

— Tu es censée être une adulte, Sophia, répliqua-t-il, furieux. Mais tu te conduis comme une enfant égoïste et totalement irresponsable.

Son accusation toucha Sophia au cœur.

— Si tu refuses de m'épouser, poursuivit-il, alors que je viens de te présenter comme ma fiancée, les conséquences seront désastreuses. Non seulement mon statut de chef d'Etat sera remis en cause, mais mon peuple lui-même en sera affecté. En Inde, nous plaçons certaines valeurs au-dessus de tout : l'honneur, le devoir, le sens des responsabilités et le respect que nous devons à nos ancêtres. Ces valeurs font partie *intégrante* de nos vies.

Une lueur farouche traversa son regard.

— C'est toi qui es à l'origine de la situation dans laquelle nous nous trouvons, reprit-il. Et tu dois l'assumer : c'est ton devoir.

Il avait raison, reconnut Sophia. Même si l'entendre décrire ainsi son attitude lui déplaisait et l'emplissait de honte.

— Très bien, dit-elle en hochant brièvement la tête.

Elle semblait si seule, si vulnérable… Malgré lui, Ash

s'avança vers elle, puis s'arrêta net. Avant toute autre considération, il devait songer à son peuple et à son devoir.

— Tu me donnes ta parole que tu acceptes ce mariage, que tu reconnais que nous n'avons pas le choix ? insista-t-il.

Sophia acquiesça.

— Oui.

— Parfait. En temps normal, il faut respecter un délai après l'enregistrement de la demande, mais dans notre cas cette condition est suspendue : le mariage civil aura lieu demain.

Demain ! songea-t-elle en sentant son cœur marteler sa poitrine.

— J'ai informé ton père de nos projets. Lui et moi nous sommes mis d'accord : au lieu des célébrations officielles qui auraient dû avoir lieu, une réception post-mariage sera organisée plus tard dans l'année — soit à Nailpur, soit à Santina.

Ash sortit un écrin de sa poche et le tendit à Sophia.

— Cette bague est un bijou de famille, elle aura peut-être besoin d'être ajustée.

Sophia contempla l'impressionnant coffret recouvert de velours grenat dont le couvercle était orné d'un blason. Ash ne l'ouvrirait pas lui-même, il ne lui passerait pas la bague au doigt…

Quand elle découvrit l'anneau de platine serti d'un diamant en forme de poire, Sophia retint son souffle : c'était le plus gros et le plus somptueux qu'elle ait jamais vu. Ce bijou appartenait à sa famille, avait dit Ash. L'avait-il offert à Nasreen avant elle…

— Est-ce la bague de fiançailles de ta première épouse ? demanda-t-elle en s'efforçant de prendre un ton détaché.

A ces mots, un mélange de culpabilité et de rage envahit Ash.

— Non. Elle a appartenu à mon arrière-grand-mère.

Il n'avait pas offert à Nasreen la bague que son aïeul

avait fait créer pour sa femme en témoignage de son amour pour elle.

De toute façon, Nasreen lui avait révélé qu'elle convoitait l'énorme émeraude faisant partie d'une autre parure — avant d'ajouter qu'elle serait ravie de porter l'ensemble…

Ash avait estimé juste que Sophia porte le bijou de son arrière-grand-mère. Soudain troublé par sa décision, il fronça les sourcils, puis jugea plus sage de ne pas s'appesantir sur ses motivations.

Soulagée de ne pas porter la bague de Nasreen, Sophia prit délicatement l'anneau de platine et le glissa à son doigt. Il lui allait à la perfection ! découvrit-elle avec surprise.

Le bijou était à sa taille et lui allait bien, constata Ash. On aurait dit que la bague de son arrière-grand-mère avait été conçue pour Sophia.

— Alex m'a envoyé un texto pour me demander ce qu'il se passait, dit-il pour changer de sujet. Apparemment, ton père lui a parlé de notre futur mariage. Je dois te prévenir que j'ai répondu à Alex en lui expliquant que, durant la soirée organisée en l'honneur de ses fiançailles, nous nous étions rendu compte toi et moi que nous nourrissions des sentiments réciproques impossibles à ignorer.

— Alex nous croit amoureux ?

— Nous avons beau être de vieux amis, lui et moi, tu es néanmoins sa sœur. J'ai estimé qu'il valait mieux lui laisser penser que notre décision était fondée sur un désir partagé.

Ash afficha un air indifférent.

— Cela m'amène à te parler d'un point important : je pense qu'en public il sera préférable de nous comporter comme si nous étions vraiment heureux d'être ensemble. Je ne souhaite pas que notre mariage devienne l'objet de rumeurs et de spéculations. D'autant qu'après l'annonce, faite par le roi Eduardo en personne, de tes fiançailles avec un autre homme, la presse va se montrer très curieuse. Si les journalistes constatent que les sentiments qui nous lient sont authentiques et partagés, ils se lasseront vite.

— Mais mon père les a peut-être informés qu'il avait insisté pour que tu m'épouses…

— Il ne leur a rien dit de tel. Et il partage mon avis : la découverte soudaine de notre amour réciproque lui fournira une excuse valable à donner au prince.

Ignorant le tressaillement qui le parcourait, Ash conclut en regardant sa future femme dans les yeux :

— Je suis déterminé à faire en sorte que ce mariage fonctionne et qu'il soit crédible aux yeux du monde extérieur, Sophia.

C'était fait. Debout dans le bureau de l'état civil choisi par Ash, Sophia était maintenant légalement sa femme. La cérémonie avait été si dépouillée de faste qu'en dépit de son appréhension elle avait été touchée par l'échange de mots simples, mais lourds de sens, qui les avait engagés l'un envers l'autre.

Pour l'occasion, Sophia avait choisi une robe simple en lin blanc et, lorsqu'il l'avait vue, Ash avait froncé les sourcils. Manifestement, il estimait qu'elle n'avait aucun droit à afficher pareil symbole de pureté virginale…

Au cours de la cérémonie, elle ne s'était pas du tout sentie frustrée de ne pas avoir droit au traditionnel mariage indien dont les célébrations duraient trois jours, dans une profusion d'exotisme et de glamour. Par ailleurs, la pompe et le décorum auxquels elle aurait eu droit dans la cathédrale de Santina ne lui avaient pas manqué non plus.

Sophia n'avait songé qu'aux couples qui se mariaient par amour.

Quand une douleur aiguë lui traversa la poitrine, elle la refoula de toutes ses forces. Elle ne rêvait plus d'être aimée par Ash, aussi cette nostalgie soudaine n'avait-elle *aucune* raison d'être.

Ils avaient signé le registre devant témoins, et Ash lui avait dit que son père avait l'intention d'annoncer la nouvelle à sa famille dans la soirée.

— Carlotta va dire que j'ai agi de façon précipitée.

— Et tu répliqueras que notre amour ne pouvait pas attendre.

Lorsqu'ils ressortirent dans la rue vibrante de couleurs, de sons et d'odeurs, Sophia se sentit envahie par un sentiment d'irréalité.

A présent, il était trop tard pour changer d'avis. Ils étaient mariés. Elle était l'épouse de Ash. Cherchant désespérément à chasser la détresse qui la gagnait, elle regarda par la vitre tandis que la limousine s'éloignait du bureau de l'état civil.

Il était impossible de rester insensible à l'effervescence et aux couleurs de l'Inde, songea Sophia. Elle aurait tant aimé interroger Ash sur la ville de Nailpur et la demeure qui allait devenir la sienne… Mais elle ne devait pas oublier que leur mariage était une union *arrangée*, pour des raisons dynastiques et diplomatiques. Son époux ne souhaitait avoir aucun lien de nature sentimentale avec elle. Il n'attendait d'elle que la fidélité et un héritier.

— Nous devons retourner à l'appartement, dit-il. Nous prenons l'avion pour Nailpur dans deux heures.

Le bip signala l'arrivée d'un nouveau texto. Cette fois, il provenait de sa mère, et non de Carlotta.

Ma chérie, ton père et moi sommes tellement contents pour vous deux. Je me souviens que tu adorais Ash, autrefois. Sois heureuse.

Heureuse…

Un autre texto arriva à cet instant, de Carlotta.

Tu es sûre d'avoir pris la bonne décision ?

Sophia refoula l'émotion qui lui nouait la gorge et appuya sur « Répondre ».

C'est un rêve devenu réalité. J'aime Ash depuis toujours et je suis folle de joie.

Folle de joie… Elle aurait plutôt dû écrire : *folle de désespoir.*

Ash contempla la rue bigarrée. Il avait agi de façon juste — la seule envisageable, vu les circonstances. Alors, pourquoi avait-il l'impression d'avoir négligé un détail important ? Pourquoi ressentait-il une menace dont il aurait dû se protéger ?

En réalité, Ash connaissait parfaitement la cause de son inquiétude. Elle était apparue au moment où il avait été sur le point de renoncer à tout self-control face à Sophia, dans la cabine de son jet.

Il avait failli succomber, au mépris de toute logique, de toute *raison*. Car, s'il s'était laissé aller à commettre un tel acte — à s'abandonner aux émotions qui avaient rugi en lui —, il se serait exposé à des conséquences aussi considérables que s'il avait fait l'amour sans utiliser de préservatif.

S'il avait cédé à son désir… Mais il s'était arrêté à temps, grâce à l'apparition inopinée du steward.

Maintenant que Ash était conscient de cette faiblesse, il serait mieux armé pour y faire face.

Et il y *ferait* face.

6.

La nuit venait de tomber quand l'avion survola Bombay. Fascinée, Sophia contempla les lumières multicolores qui formaient un long croissant, dont les contours se détachaient sur le ciel violet.

Ash se tourna vers sa femme. Celle-ci regardait par le hublot tandis que l'avion passait au-dessus de Marine Drive.

— On appelle cet endroit « Le collier de la reine », dit-il.

Sophia hocha la tête en silence. Après avoir rêvé toute son adolescence de devenir la femme de Ash, se retrouver ainsi avec lui dans cet avion à échanger des banalités lui paraissait une version si pâle, si banale, si éloignée de ses fantasmes…

— Nailpur n'est pas Bombay, ajouta Ash.

— Non, je sais. J'ai beaucoup aimé le peu que j'ai vu de Bombay, mais je suis très impatiente de découvrir Nailpur et le Rajasthan. J'ai lu quelque part que ce nom voulait dire « Le pays des rois ». Mon père apprécierait ce détail !

— Nailpur n'est pas prisé des touristes qui viennent au Rajasthan. C'est un Etat pauvre, où nombre de gens sont analphabètes et où les palais tombent en ruine. Il est de mon devoir de sortir mon peuple de la pauvreté. Les temps où la classe des maharajahs s'adonnait à une vie de luxe alors que leur peuple endurait une existence misérable sont révolus. Et il est également de mon devoir de vivre parmi mon peuple. En tant que mon épouse et la mère de mes enfants, tu devras partager cette vie. Si tu espérais passer ton temps à Bombay…

— Ce n'est pas le cas, l'interrompit Sophia.

Elle ne lui révélerait pas qu'autrefois elle avait dévoré tout ce qui était accessible concernant le Rajasthan en général, et Nailpur en particulier. Parce qu'elle voulait en savoir le plus possible sur le pays de Ash.

Son second mariage ne tournerait pas à l'échec comme le premier, se promit Ash. Cette nouvelle union tiendrait, et pas seulement pour préserver sa fierté. Avec ses anciens codes féodaux régissant la famille et le mariage, le peuple de Nailpur accueillerait favorablement une maharani de sang royal.

Sa maharani et sa femme, dont la sensualité satisferait le désir qu'elle éveillait en lui, et qui lui accorderait ce que son premier mariage lui avait refusé…

Comme chaque fois qu'il songeait à l'échec et à la déception que lui avait apportés son premier mariage, Ash fut assailli par une vague de culpabilité et d'amertume. Sa vie entière serait-elle assombrie par les erreurs qu'il avait commises ?

Des erreurs qui avaient coûté la vie à Nasreen.

Quand il l'avait épousée, Ash avait espéré donner et recevoir de l'amour de leur union. Et, quand il avait compris que ce sentiment ne pourrait jamais exister ni chez lui ni chez elle, il s'était éloigné de Nasreen. Il l'avait laissée vivre de son côté, furieux contre lui-même et affreusement déçu.

La réalité avait porté un coup terrible à sa fierté. Ash avait en effet découvert que, même avec la meilleure volonté du monde, il ne pourrait faire naître l'amour qu'il avait été si sûr de partager avec sa femme.

A cause des erreurs, de l'arrogance et de la présomption insupportables de son mari, Nasreen avait trouvé la mort. Il ne se permettrait jamais de l'oublier.

Avec Sophia, la situation était différente. Cette fois, il

ne pourrait y avoir — il n'y aurait *aucune* complication émotionnelle. De cette façon, Ash ne prendrait aucun risque et leur mariage serait construit sur des bases sûres.

Lorsque l'avion amorça sa descente, Sophia aperçut peu à peu, nimbées de la lumière argentée de la lune et des étoiles, d'immenses étendues recouvertes de tunnels en plastique, semblables à ceux utilisés pour protéger les cultures.

Se tournant vers Ash, qui travaillait maintenant sur son ordinateur portable, elle demanda :

— Je croyais que cette région était trop sèche pour être cultivée, et que c'était pour cela que ses habitants étaient condamnés à la pauvreté et au nomadisme ?

— En effet, répondit-il, sans quitter son écran des yeux. Mais les experts que j'ai fait venir ont découvert une rivière souterraine, dont nous avons réussi à faire monter l'eau à la surface, par un système de forage. Cela a permis de commencer à cultiver la terre. Mais les gens sont habitués aux méthodes traditionnelles et il n'est pas toujours facile de les persuader d'adopter les technologies nouvelles. Toutefois, je n'ai pas l'intention de renoncer.

Après avoir appuyé sur une touche du clavier, il se tourna vers Sophia.

— Cette réserve d'eau est très précieuse. C'est pourquoi, en plus d'amener les gens à s'adapter aux nouvelles méthodes d'agriculture, nous souhaitons aussi leur apprendre à utiliser cette réserve avec discernement.

Un léger sourire se forma sur sa bouche bien dessinée.

— En fait, si j'ai fait venir des experts, c'est parce que j'avais vu des tableaux réalisés par mon arrière-grand-père, sur lesquels figurait un vaste bassin, à l'intérieur même du palais. De nos jours, celui-ci n'existe plus, mais cette eau devait forcément venir de quelque part. Et, par chance, j'avais deviné juste.

A cet instant, le signal s'alluma : le moment était venu de boucler les ceintures de sécurité. Un jeune steward souriant passa bientôt pour vérifier qu'ils avaient bien fermé la leur, puis s'éloigna après leur avoir souhaité un bon atterrissage.

A son grand soulagement, Sophia avait découvert en montant à bord que le steward qui les avait surpris dans la cabine de Ash, au cours du vol Santina-Bombay, avait été remplacé…

Bientôt, le jet s'immobilisa sur la piste et lorsque la porte s'ouvrit et qu'elle s'avança sur la passerelle, aucun journaliste ne se trouvait sur le tarmac. Seul un petit groupe d'officiels les attendait.

Ayant appelé les membres du Conseil depuis Bombay pour les prévenir de son mariage, Ash leur présenta Sophia dès qu'ils furent tous deux descendus d'avion.

En digne princesse royale, son épouse était très au fait du protocole, si bien que ses conseillers l'accueillirent d'un air soulagé et approbateur. A vrai dire, Sophia l'avait surpris par ses connaissances sur la région, reconnut-il en s'installant à côté d'elle sur la banquette arrière de la limousine.

Le respect des rites et la préservation des traditions comptaient beaucoup aux yeux de ses conseillers, surtout les plus âgés. Certains d'entre eux avaient connu non seulement ses parents, mais aussi ses grands-parents, avant les terribles inondations qui leur avaient coûté la vie.

Bientôt, la limousine quitta l'autoroute, puis suivit une route traversant des terres agricoles avant de s'approcher d'une ville fortifiée. La porte principale était flanquée d'immenses tigres de pierre — identiques à ceux qui figuraient sur le blason ornant le jet et la portière de la limousine, constata Sophia en retenant son souffle.

Elle avait lu beaucoup de choses sur les villes mythiques du Rajasthan, mais sans trouver beaucoup d'informations concernant Nailpur, mis à part une description de son architecture, typiquement râjasthâni par sa beauté et son raffinement.

Lorsqu'ils eurent franchi la porte monumentale, Sophia découvrit une ville incroyablement animée en dépit de l'heure tardive. La limousine passait à peine dans les ruelles bordées d'impressionnantes maisons de pierre aux fenêtres étroites. Soudain, la rue déboucha sur une place bondée.

Des jeunes hommes circulaient en tous sens à moto. Transportant souvent plusieurs passagers, ils slalomaient avec adresse au milieu de chameaux ornés de parures spectaculaires, faites d'un assemblage d'émaux et de pompons multicolores. Installées sur leur dos et dominant la foule, des femmes se balançaient au gré de leur lente progression.

Eblouie par les teintes vives des broderies rehaussant leur tenue traditionnelle, Sophia les regarda avec émerveillement, le front collé à la vitre.

Alors qu'il était maintenant très tard, toutes sortes de marchands étaient encore installés sur les marches des hautes bâtisses entourant la place. Ils vendaient des poteries, des épices, des fleurs, des bracelets aux innombrables couleurs…

Au lieu de saris ou de *salwar kameez*, les femmes portaient maintenant des jupes aux teintes vives et des chemises ajustées, remarqua Sophia. Un voile léger, dont l'une des extrémités était maintenue dans leur ceinture, enveloppait leurs épaules et leur couvrait la tête.

Sophia dévorait le spectacle qui s'offrait à ses yeux avec une avidité d'enfant, constata Ash en l'observant. Elle regardait partout, comme si elle craignait de manquer quelque chose.

Il songea à sa première femme. Nasreen détestait le traditionalisme de Nailpur. Elle dédaignait la tenue indienne — de Nailpur ou d'ailleurs —, lui préférant les vêtements occidentaux, de préférence de haute couture.

Le sari qu'elle portait le jour de sa mort avait été la cause de leur dernière dispute. Ash lui avait en effet demandé de le revêtir pour assister à un événement officiel auquel ils étaient invités. Par ce geste, il entendait rendre hommage aux femmes de Nailpur qui avaient confectionné le sari spécialement pour leur maharani et le lui avaient offert en guise de cadeau de mariage.

En forçant sa femme à s'habiller ainsi, Ash l'avait tuée. Une fois encore, il sentit la culpabilité se refermer autour de sa poitrine comme un étau, dont il ne pourrait jamais s'échapper.

Après avoir traversé la place sous une multitude de regards curieux mais discrets, la limousine s'engagea dans une nouvelle ruelle pavée. De chaque côté, des femmes étaient assises sur le pas des portes, surveillant de gros chaudrons tandis que les enfants jouaient alentour.

Soudain, la rue s'élargit, les maisons devenant plus hautes, agrémentées de balcons ouvragés et de portes aux linteaux de pierre sculptée. Puis ils arrivèrent sur une autre place au fond de laquelle se dressait le palais, dont le corps principal était flanqué de chaque côté d'ailes imposantes, construites dans le même style architectural.

Ayant grandi au sein d'une famille royale, entourée d'une architecture grandiose, Sophia ne s'était pas attendue à être impressionnée par le palais de Ash. Mais quand ils furent accueillis par la garde, composée d'hommes en costume traditionnel et portant d'imposants turbans râjasthâni de couleur pourpre, elle se tourna vers Ash.

— Ils ont l'air encore plus redoutables que les gardes de mon père ! Et leurs turbans sont magnifiques !

— Les guerriers du Rajasthan sont réputés pour leur

bravoure et leur endurance, ainsi que pour leur loyauté envers leur souverain. Quant aux turbans, leur style et leur teinte indiquent le statut de celui qui le porte. Le rouge fait référence à la couleur principale du blason de ma famille.

— Ils sont splendides !

Sophia s'arrêta sur la dernière des marches de marbre blanc, incrusté de bandes d'onyx vert jade.

— Je suppose que lorsque tu as épousé Nasreen tu portais le costume traditionnel ?

— Oui, répondit-il brièvement.

De toute évidence, il n'avait pas envie d'en discuter avec elle. Sophia ignora la douleur qui lui traversait la poitrine et pénétra dans le palais.

Aussitôt, elle s'immobilisa et regarda autour d'elle. Ils se trouvaient maintenant à l'intérieur d'un majestueux hall d'honneur au sol pavé de marbre, dont le pourtour était délimité par d'élégantes colonnes d'albâtre décorées à la feuille d'or.

Dans des alcôves étaient installés de longs sofas bas, de bois sculpté orné de motifs dorés et garnis de coussins de soie aux couleurs vives. Diffusée par de nombreuses lanternes suspendues au plafond, la lumière dessinait sur le sol des motifs géométriques. Un parfum de jasmin embaumait l'atmosphère, et des pétales de rose flottaient dans les larges bols en or repoussé que des serviteurs leur apportèrent pour qu'ils se lavent les mains.

Une servante vêtue d'un *salwar kameez* de soie ivoire et or apparut bientôt et s'inclina devant son maître, puis devant Sophia. Elle pouvait conduire la maharani à ses appartements, dit Ash à la jeune femme. Ils dîneraient dans une heure, ajouta-t-il à l'adresse de Sophia.

*
* *

A l'étage, à l'extrémité d'un long couloir où étaient exposés des objets d'art de grande valeur, la jeune servante ouvrit une porte et s'effaça pour laisser passer Sophia.

— Ce sont les appartements personnels de la maharani, expliqua-t-elle dans un anglais hésitant. Depuis que l'arrière-grand-père de Son Altesse s'est marié par amour et n'a eu qu'une seule épouse, il n'y a plus de sérail au palais. Mais la tradition est restée : la maharani jouit d'un domaine privé.

La porte comportait un *jali*, élément typique de l'architecture du Rajasthan consistant en un panneau de marbre finement sculpté, à la façon d'un paravent. La fonction de cet écran était de préserver l'intimité des femmes en leur permettant de voir à l'extérieur sans être vues, mais il favorisait aussi la circulation de l'air. C'était l'œuvre d'un artisan exceptionnel, songea Sophia avec admiration.

Après avoir franchi le seuil, elle découvrit une belle entrée, dont les murs étaient ornés de miroirs reflétant la lumière des lanternes installées dans des niches. Au fond, des doubles portes de bois sculpté ouvraient sur une pièce plus vaste, dont le parquet ciré était partiellement recouvert de somptueux tapis. De longs sofas étaient disposés çà et là, similaires à ceux du grand hall d'honneur.

Un immense lustre dominait l'espace et face aux doubles portes, à l'autre extrémité de l'entrée, de grands volets intérieurs donnaient sur un jardin privé. On accédait à cette oasis par quelques marches, constata bientôt Sophia, et l'on pouvait alors fermer les yeux et se laisser charmer par le bruissement de l'eau d'une fontaine.

— C'est très beau, dit-elle à la jeune servante.

Celle-ci lui adressa un grand sourire avant de répliquer :

— La chambre est par ici, si vous voulez bien me suivre…

La pièce était plus européenne que Sophia n'aurait imaginé, décorée dans le style des années 1930, et agrémentée de magnifiques lampes de verre soufflé. Elle découvrit un dressing et une salle de bains attenants à la chambre.

Le temps de prendre une douche, de se sécher les cheveux — qu'elle choisit de laisser tomber librement sur ses épaules — et de se changer, elle fut prête au bout d'une heure.

Sophia s'observa dans le miroir de la salle de bains. La tenue qu'on lui avait choisie lui parut un peu indécente avec ce décolleté qui dévoilait sa poitrine et ce jeu de transparences qui exposait son corps plus qu'il ne le masquait. Dommage qu'elle n'ait rien trouvé dans ses propres effets qui convienne.

— A présent, je dois vous emmener rejoindre le maharajah, annonça Parveen, la servante qui l'avait aidée à sa toilette.

Aussi suivit-elle la jeune servante à travers un dédale de couloirs, en songeant qu'il faudrait qu'elle prenne sans tarder contact avec sa famille afin qu'on lui fasse parvenir le reste de ses affaires.

Parveen la conduisit jusqu'à des doubles portes gardées par deux des hommes au turban rouge. Après s'être inclinés devant Sophia, ceux-ci ouvrirent les portes.

Quand elle entra dans la pièce, Sophia cligna des yeux, éblouie. Du sol au plafond, les murs étaient couverts de mosaïques de verre coloré et de bris de miroir réfléchissant la lumière projetée par les lanternes.

Assis sur un coussin richement brodé, Ash l'attendait devant une table basse sur laquelle était disposé un assortiment de plats très appétissants.

— Ces mosaïques étaient autrefois considérées comme un symbole de pouvoir. On les appelle des *sheesh mahal*, ce qui pourrait à peu près se traduire par « palais des miroirs ».

Deux domestiques attendaient pour les servir, mais Ash les renvoya.

— Quand cela est possible, je préfère me passer du protocole, dit-il après leur départ.

Sophia s'assit sur le second coussin, en face de lui.

— Je suis d'accord avec toi, approuva-t-elle. Mais mon père a hélas tendance à préférer la pompe et le cérémonial.

— Ceux qui travaillent ici vivent de leur salaire, aussi serait-il injuste de les congédier. Toutefois, je crois qu'ils sont un peu déconcertés par mon goût pour l'indépendance et le secret. Ce sont des choses qui n'ont pas de place dans le mode de vie familial indien, mais il me convient.

Disait-il cela en guise d'avertissement ? Entendait-il la prévenir qu'il ne comptait pas partager d'intimité avec elle, en dehors de celle nécessaire à la conception de leurs futurs enfants ?

— L'ensemble des plats que tu vois devant toi constitue un *thali*, poursuivit-il. Ce sont des mets traditionnels du Rajasthan, végétariens pour la plupart, mais comme tu le constateras bientôt les *lal maas*, par exemple, c'est-à-dire des currys d'agneau, sont des spécialités très populaires.

— Tout a l'air délicieux, dit Sophia.

Comme elle adorait la cuisine épicée, elle n'hésita pas à se servir dans les différents plats. Toutefois, son appétit fut vite modéré par une légère appréhension, sur laquelle elle refusa de s'interroger.

Quand ils eurent terminé de dîner, les domestiques vinrent ôter les restes du repas, puis Parveen réapparut. Au moment où Sophia s'apprêtait à la suivre, Ash se pencha vers elle.

— J'irai te rejoindre dans une heure — si cela te convient.

Son cœur se mit à battre violemment, tandis que sa bouche devenait soudain sèche.

— Oui, articula-t-elle avec effort.

La nuit de noces qu'il avait partagée avec Nasreen avait dû être tellement différente ! Il avait sans doute attiré sa femme contre lui, là, sur ces coussins… peut-être même avait-il glissé des mets rares entre ses lèvres en lui murmurant des mots d'amour…

Sophia s'interdit de laisser ses pensées s'égarer ainsi. Cette attitude l'affaiblissait, la rendait vulnérable et surtout ne servait à rien. Le passé était passé et elle n'était plus une adolescente éprise d'idéal, se répéta-t-elle en suivant Parveen.

Dans la chambre, une chemise de nuit de soie était étalée sur le lit. Et, dans la salle de bains, de la vapeur montait de la vaste baignoire rectangulaire, toute en mosaïque colorée, des pétales de rose flottant gracieusement à la surface de l'eau.

Sophia avait pris une douche juste avant le dîner. Mais elle n'ignorait rien des traditions orientales. L'usage voulait que la jeune épouse prenne un bien rituel avant de s'offrir à son époux pour la nuit de noces. Il aurait été mal vu de ne pas s'y conformer.

— Merci, Parveen. Je n'ai plus besoin de vous.

Dans une heure, avait dit Ash. Elle fit un rapide calcul : il avait fallu dix bonnes minutes pour regagner ses appartements, avec ces longs couloirs. Leur réseau compliqué, avait expliqué Parveen, avait été dessiné pour décourager les envahisseurs ennemis.

Affreusement nerveuse, Sophia se déshabilla à la hâte dans sa chambre, les doigts tremblants.

L'eau parfumée était très agréable, mais elle n'osa pas s'attarder dans la baignoire, de crainte que Ash n'arrive alors qu'elle s'y trouvait encore. Après s'être essuyée, elle regagna la chambre et contempla la chemise de nuit préparée pour elle. Détournant les yeux, elle saisit un épais peignoir et s'en enveloppa.

A cet instant, un bruit de pas résonna dans la pièce jouxtant la chambre. Ash allait forcément la comparer à sa première épouse, songea Sophia, le ventre noué. A son désavantage, sans aucun doute…

7.

Sans même se donner la peine de frapper, son époux entra et s'avança dans la chambre.

Loin de lui donner un air féminin, sa longue tunique brodée d'or ne servait qu'à renforcer sa beauté virile, constata Sophia. La lumière projetait des ombres accentuant ses hautes pommettes et dissimulant l'expression de son regard.

— Si nous avons la chance de concevoir un enfant rapidement, cela nous évitera de partager une intimité que nous ne souhaitons ni l'un ni l'autre, dit Ash.

Il éprouvait le besoin de signifier à Sophia qu'il ne l'avait pas épousée parce qu'il la désirait. Cherchait-il à l'en convaincre, ou à se convaincre lui-même ? Car, en dépit de tous ses efforts, Ash n'avait pu dompter le désir farouche qui le ravageait. Le simple fait de la regarder maintenant, en sachant ce qui allait se passer, suffisait à attiser le feu qui le dévorait, sans qu'il y puisse rien changer.

Toutefois, il devait garder le contrôle de la situation, se souvenir de la nature de leur union et des raisons qui l'avaient poussé à s'y résoudre.

Lentement, il commença à défaire les liens qui fermaient sa tunique, dévoilant peu à peu son corps nu. Incapable de détourner les yeux, fascinée et le cœur battant la chamade, Sophia le regarda ôter le long vêtement, puis venir vers elle.

Ash était tout en muscles fins et virils, en force impérieuse — son corps aurait fourni un modèle idéal aux sculpteurs de la Grèce antique… Sophia aperçut la cicatrice marquant sa cuisse, désagréable souvenir d'un match de polo, lui avait raconté Alex.

Avec toute la ferveur de ses seize ans, elle s'était raccrochée à ces petits détails grappillés avec avidité. A l'époque, elle rêvait de se donner corps et âme à Ash.

A présent, son cœur battait si fort qu'elle eut l'impression qu'il allait exploser dans sa poitrine.

Tout autre homme que lui aurait été flatté dans sa vanité par le regard que Sophia dardait sur son corps, songea Ash. Il s'efforça de lutter contre l'effet qu'elle produisait sur lui. De toute façon, elle avait adressé ce même regard à tant d'autres hommes avant lui ! Toutefois, il n'aurait pas souhaité que Sophia soit restée pure jusqu'à sa nuit de noces. De son côté, il n'avait certes pas mené une vie de moine depuis la mort de sa première épouse.

Ils étaient tous deux des adultes, forts d'un vécu et d'expériences personnelles différents. Mais, maintenant qu'ils étaient mariés, Ash ne tolérerait aucune infidélité de la part de son épouse.

Après avoir franchi les quelques pas qui les séparaient encore, il dénoua la ceinture du peignoir de Sophia en prenant tout son temps, puis fit glisser le tissu sur ses épaules. Lorsque ses doigts effleurèrent sa peau chaude et douce, Ash tressaillit violemment. La sensualité émanant de cette femme était presque insupportable.

Mais il ne se laisserait pas submerger, il ne perdrait pas le contrôle, se promit-il. Et pourtant un besoin irrésistible le taraudait, celui d'enfouir son visage dans la masse parfumée de ses cheveux, de s'enivrer de la senteur de Sophia, avant que cette senteur se transforme en un effluve plus puissant, un parfum plus animal qui sourdrait d'elle quand elle s'abandonnerait au plaisir.

Ash brûlait de promener ses mains sur tout son corps, de titiller les pointes fermes de ses seins jusqu'à ce que Sophia halète sans retenue. Il voulait s'aventurer dans la douce moiteur de son sexe et goûter à sa liqueur. Il voulait… il voulait la posséder comme jamais aucun homme ne l'avait possédée avant lui, s'avoua Ash.

Quand il la souleva dans ses bras pour l'emporter vers le lit, la légèreté de son corps le surprit.

Après l'avoir allongée sur la soie brodée, il referma les doigts sur son sein d'ivoire. Sa chair était douce et chaude, et son téton se dressa aussitôt sous sa paume. Ash en fit rouler la pointe entre ses doigts tandis que le ventre de Sophia se tendait et que tout son corps se mettait à trembler.

Elle savait faire croire à son partenaire qu'il était désiré, elle connaissait toutes les ruses, songea-t-il. Eh bien, il était prêt à jouer le jeu…

Penchant la tête vers son sein, il en caressa le bourgeon épanoui sous sa langue, puis le titilla à petits coups brefs et répétés afin d'exacerber le plaisir de Sophia. Quand elle écarta les jambes en une invite instinctive, il abandonna son sein pour laisser glisser sa main sur son ventre, avant de caresser l'intérieur soyeux de ses cuisses.

Il allait la posséder, songea Sophia. Son corps s'y préparait, le *désirait*, mais ses sens et ses émotions se languissaient d'une intimité dépassant le simple plaisir physique. Pourtant, celui que Ash faisait naître en elle était divin.

Fermant les yeux, elle se sentit perdue dans l'impériosité d'un désir qui prenait racine au plus profond de sa psyché. Un désir qu'elle ne pouvait espérer contrôler et qui submergeait toutes ses résolutions, toutes ses pensées.

Lorsqu'il se glissa entre ses jambes, les mots jaillirent du plus profond d'elle-même :

— Embrasse-moi, Ash. Embrasse-moi…

Elle lui passa les mains autour du cou et les referma sur sa nuque, puis attira son visage vers le sien en lui offrant sa bouche.

Tant de passion. *Trop* de passion, songea Ash. Il devait la repousser, s'écarter d'elle, mais la douceur de Sophia, les caresses affamées de sa langue contre ses lèvres… On aurait dit qu'elle allait mourir de soif s'il la privait de son baiser. Incapable de résister plus longtemps, Ash se trouva transporté dans un endroit où les sens prévalaient sur la raison.

Cédant à son propre désir, il prit la bouche de Sophia avec fièvre et l'embrassa à en perdre le souffle.

— Si ce sont des baisers que tu veux, eh bien, je vais t'en donner, murmura-t-il contre ses lèvres.

Sophia sentit sa bouche trembler sous celle de Ash. A cet instant, il passa les mains dans ses cheveux, avant de se pencher pour embrasser sa gorge avec une douceur et une lenteur exquises. Puis il se redressa et lui mordilla l'oreille, tout en caressant sous son pouce l'endroit si sensible, juste en dessous du lobe.

Un gémissement s'échappa de ses lèvres, et ses yeux s'assombrirent. Elle ne tentait pas de dissimuler son désir, constata Ash tandis qu'elle le regardait dans les yeux, comme pour lui offrir ce qu'elle ressentait.

Sophia était la femme la plus sensuelle qu'il ait jamais tenue dans ses bras. Elle était ardeur brûlante et douceur féminine à la fois, en un mélange qui enflammait la libido de Ash. Aucune femme ne l'avait jamais regardé avec une telle confiance, un tel abandon. Aucune femme n'avait libéré un tel torrent en lui, insatiable et incontrôlable.

Il n'aurait pas dû l'embrasser. Mais, maintenant qu'il avait cédé à la prière de Sophia, il ne pouvait plus s'arrêter.

Prenant son visage entre ses mains, Ash s'empara de sa bouche avec la même fougue qu'il aurait pénétré son corps avec son sexe, jusqu'à ce qu'elle plie sous lui, qu'elle se soumette à son désir et à sa volonté.

En même temps que la volupté déferlait dans tout son corps, Sophia accueillit le premier coup de reins que donnait Ash. Puis, lorsqu'elle sentit son membre viril frémir en elle, une joie sauvage la parcourut. Impatiente d'être possédée par Ash, elle souleva les hanches pour s'accorder au rythme qu'il instaurait peu à peu.

Ash la pénétra plus profondément encore avant de s'immobiliser, retenu par une barrière qui n'aurait pas dû se trouver là : celle de la virginité.

Choqué et incrédule, il tenta d'assimiler cette découverte, tandis que son corps vibrait, réclamant l'assouvissement.

Il ne pouvait pas s'arrêter, c'était impossible, songea Sophia. Pas maintenant, alors qu'elle le désirait avec une telle intensité. Noyée dans son propre désir, elle avait presque oublié sa virginité… Elle ne comprit ce qu'il se passait qu'au moment où Ash voulut se retirer. Aussitôt, elle resserra ses muscles les plus intimes autour de son membre, pour le retenir en elle, coûte que coûte.

— Tu veux que je te donne un enfant, chuchota-t-elle. C'est pour cela que nous sommes ensemble, dans ce lit.

C'était vrai, reconnut Ash. Par ailleurs, le fourreau moite et chaud l'enserrait de façon délicieuse, annihilant toutes ses tentatives de garder le contrôle. Ash le sentit lui échapper tandis que le désir rugissait en lui. Dans un dernier sursaut de lucidité, il voulut de nouveau se dégager de Sophia, mais son corps refusa de lui obéir et son sexe s'enfonça au contraire davantage encore en elle.

Sophia se mit à bouger avec lui en poussant des petits gémissements terriblement excitants. S'arrêter maintenant aurait été impossible. Et, quand la barrière céda, le cri qui échappa à Sophia fut non pas de douleur mais de pur plaisir et de ravissement.

Maintenant, elle avait ce qu'elle désirait depuis si long-temps, pensa-t-elle, en proie à la plus grande confusion. Ash était à elle, au sens le plus intime qui soit. Il lui avait pris ce qu'elle avait toujours désiré lui offrir, et son propre corps s'abandonnait à sa possession. Le plaisir surgissait, encore plus intense qu'elle ne l'avait imaginé, vague après vague, chacune l'emportant plus haut, plus loin. Ivre des sensations que Ash faisait naître en elle, Sophia enroula les jambes autour de ses hanches et le tint plus fort à chaque coup de reins.

L'orgasme fut rapide et intense, pour tous les deux, laissant Sophia haletante et tremblante.

Lorsqu'il reprit ses esprits, Ash s'écarta d'elle et la contempla, furieux contre lui-même.

Rien ne s'était déroulé comme il l'avait prévu. Il avait pensé que le sexe serait agréable mais maîtrisé. Qu'ils jouiraient ensemble comme deux personnes expérimen-tées connaissant la valeur du plaisir, mais s'abstenant de toute implication émotionnelle. L'étreinte serait purement physique et soumise à un contrôle strict.

Mais Sophia avait réussi à le troubler au-delà de toute mesure, à tel point qu'il avait perdu tout self-control.

Elle l'avait accepté là où Nasreen l'avait rejeté.

Au cours de leur nuit de noces, sa première épouse lui avait révélé qu'elle ne souhaitait pas être aimée de lui. Parce qu'elle avait déjà donné son cœur à un autre homme, avait-elle expliqué. Celui-ci étant marié, ils vivaient une liaison secrète, à laquelle elle n'avait pas l'intention de mettre un terme. Elle attendait de Ash qu'il tolère cette situation et elle espérait que leur mariage lui servirait de couverture.

Elle avait accompagné ces paroles d'un haussement d'épaules et d'une petite moue capricieuse.

La colère qu'avait alors ressentie Ash avait été si puissante qu'elle avait détruit tout désir physique pour sa femme. Mais aussi — ce qui était bien plus difficile à accepter — son désir de tout faire pour l'aimer. Cette conception de sa vie conjugale faisait partie de lui. Il en était fier, et pourtant il avait suffi de quelques mots de Nasreen pour lui montrer la misérable faiblesse de ce désir.

Son cœur s'était alors fermé à la jeune femme. Il n'avait pu lui pardonner, ni *se* pardonner ce que la situation avait révélé de lui-même.

A partir de ce moment, Ash avait renoncé à tout projet de vie commune. Et c'était à cause de ce renoncement que Nasreen était morte. S'il avait moins pensé à sa fierté, s'il avait reconsidéré ses attentes, ils auraient pu trouver un arrangement.

Et ils auraient conçu un héritier tout en vivant chacun leur vie. S'il s'était montré un peu plus réaliste, ils auraient peut-être pu sauver quelque chose de ce mariage, et alors Nasreen serait sans doute encore vivante. Au lieu de cela, Ash avait laissé ses émotions prendre le contrôle.

Aussi méritait-il la culpabilité qui ne le quittait plus. Par conséquent, il n'avait aucunement le droit de savourer ses étreintes avec Sophia. Ni de ressentir le plaisir unique de lui avoir pris sa virginité, de savoir qu'elle avait vécu sa première expérience charnelle avec lui, tandis qu'il lui faisait découvrir la volupté.

Non, il ne se permettrait pas de savourer ce sentiment de mâle satisfaction. Au contraire, il se punirait pour s'être laissé aller à y *songer*. Quant au plaisir qu'il avait éprouvé, il résultait d'une trop longue abstinence, rien de plus.

Ash quitta le lit et se retourna pour regarder Sophia. Etendue sur le lit, les yeux encore émerveillés, le corps alangui, apaisé, un léger sourire flottant sur ses lèvres, elle était l'image même de la femme comblée.

S'il la prenait dans ses bras, s'il la serrait contre lui en murmurant que leur étreinte avait été différente de tout ce qu'il avait vécu jusque-là ; s'il lui disait qu'elle, Sophia, ne ressemblait à aucune autre femme qu'il avait connue avant elle…

Au prix d'un effort surhumain, Ash réussit à transformer la faiblesse qui le gagnait en rage. Comme Nasreen, Sophia l'avait trompé, lui révélant une réalité affectant leur mariage dès leur nuit de noces — même si la découverte de sa virginité n'avait rien à voir avec les déclarations de Nasreen.

Se raccrochant à ces raisons afin d'alimenter sa colère, il se sentit soulagé. De cette façon, il ne s'abandonnerait pas à des sentiments contre lesquels il avait déjà dû lutter une fois. Contre la tendresse et l'attention, contre…

Des sentiments qui ne signifiaient *rien*, qui *n'étaient rien*. Il les étoufferait, les anéantirait, parce que tel était son devoir.

— J'attends tes explications, dit-il sans regarder Sophia.

La froideur contenue dans la voix de Ash ramena Sophia sur terre.

Que lui était-il arrivé ? Comment avait-elle pu s'abandonner ainsi, alors qu'elle lui offrait tout ce qu'elle avait gardé si précieusement jusque-là ?

Oubliant toutes ses résolutions, toutes ses promesses, elle avait *désiré* le lui offrir, ce qui était absurde. Par ailleurs, il était tout aussi absurde de s'être livrée spontanément à ces transports, à cette passion, comme si son corps avait attendu cet instant, et Ash…

Un frisson glacé lui parcourut le dos. Ce n'était pas vrai. Cela ne pouvait pas être vrai. Alors, que s'était-il passé ? Un éblouissement, une révélation… C'était la seule réponse. Elle avait cédé à la magie de l'instant et avait eu l'impression d'atteindre le paradis.

Mais ce n'avait été qu'un mirage. Rien de tout cela

n'avait été réel. Par conséquent, si elle voulait préserver son amour-propre et sa dignité, et supporter l'avenir qui l'attendait, Sophia devait oublier ce qui venait de se passer.

— Des explications sur ma virginité ? répliqua-t-elle d'un ton neutre.

— Oui, évidemment.

Son regard restait encore un peu brumeux, ses yeux immenses et sombres brillaient encore d'un éclat sensuel, sa bouche restait gonflée, ses lèvres plus foncées… Mais en plus des signes de la volupté il y avait quelque chose de vulnérable en Sophia, comme si elle avait besoin de… de réconfort ? De tendresse ? Ash n'en avait pas à lui offrir.

Il s'éloigna du lit et enfila sa tunique avant de se diriger vers la table, où la domestique avait déposé un seau à glace contenant une bouteille d'eau. Il la saisit et l'ouvrit, puis remplit deux verres avant d'en porter un à Sophia.

Quand elle prit le verre que lui tendait Ash, Sophia essaya de contrôler le tremblement de sa main. L'eau fraîche glissa bientôt dans sa gorge, lui redonnant des forces.

Ash vit une goutte d'eau tomber sur la poitrine de Sophia, puis couler entre ses seins. Il voulut détourner les yeux, mais en fut incapable. Il aurait aimé stopper la goutte de son doigt, la boire à même sa peau…

Ce mariage était fondé sur le devoir et le respect mutuel, se rappela-t-il avec sévérité. Un arrangement qui lui permettrait de se consacrer à son peuple et à ses responsabilités de chef d'Etat.

Lorsque Sophia remonta le drap sur son buste, Ash frémit néanmoins. Le rejetait-elle ? Et pourquoi son geste provoquait-il en lui le désir irrépressible de la rejoindre, de la sentir palpiter contre lui comme elle l'avait fait un peu plus tôt, au lieu de se protéger de lui ?

Soudain, Ash eut l'impression de ne plus être sûr de rien. Et pour lui qui se targuait de garder le contrôle de son existence, en toutes circonstances, cette pensée était intolérable.

— J'attends toujours tes explications, dit-il sèchement.

— La virginité serait-elle un crime ? répliqua Sophia en haussant les sourcils.

— Non. Mais reconnais que, vu le mal que tu te donnes pour faire croire au monde que tu mènes une vie sexuelle pour le moins débridée, je suis en droit de me poser des questions. Et j'exige une réponse, Sophia.

— Tu la connais déjà, dit-elle en redressant le menton. J'ai répondu à ta question quand je t'ai affirmé que je voulais me marier par amour. Lorsque tu m'as rejetée, Ash, je me suis promis que je ne me donnerais qu'à un homme qui m'aimerait autant que je l'aimerais. C'est pour cela que j'ai refusé le mariage imposé par mon père.

Sophia s'interrompit un instant pour refouler la douleur qui lui enserrait la poitrine.

— Quand tu m'as dit que j'étais responsable de cette situation, que j'en avais déclenché le processus en montant clandestinement à bord de ton jet, j'ai compris que je n'atteindrais jamais mon idéal. Mais je ne regrette pas d'en avoir fait ma priorité jusque-là. Lorsque tu m'as repoussée jadis en me disant que tu ne me désirais pas parce que j'étais trop jeune et que tu étais fiancé, j'ai tellement envié ta future femme… Alors je me suis juré qu'un jour je rencontrerais un homme qui m'aimerait comme tu affirmais que tu aimerais ta femme. Je me suis juré de l'attendre. Et qu'il serait mon premier et mon seul amant.

Pourquoi ses paroles ébranlaient-elles sa conscience ? Ce qu'elle appelait « rejet » n'avait été que la conduite la plus honorable, se répéta Ash. Prendre son innocence aurait équivalu à abuser d'elle et à bafouer ses propres valeurs, même s'il n'avait pas été fiancé à Nasreen.

Il avait eu raison de refuser ce que Sophia lui offrait, ç'avait été la *seule* attitude à adopter.

Alors, pourquoi se sentait-il étreint par une émotion si intense que le simple fait de respirer lui faisait mal ? Une sensation de perte immense et de regrets lui emplissait la poitrine, aiguisée par la culpabilité habituelle.

Sans le regarder, Sophia reprit :

— Mais, si les hommes de mon entourage avaient su que j'étais vierge, ils auraient tout fait pour m'attirer dans leur lit, en considérant cela comme une sorte de défi. Alors j'ai décidé que la meilleure façon de les tenir à distance était de leur faire croire que j'avais des tas d'amants.

Cette fois, elle leva les yeux vers Ash.

— Désires-tu d'autres précisions ?

Ash retourna se servir un verre d'eau en essayant de repousser la culpabilité qui menaçait de le submerger.

— Comptes-tu persister à rechercher cet amour unique, maintenant que tu es ma femme ? répliqua-t-il d'un ton sarcastique.

Pourquoi avait-il posé cette question ? se demanda-t-il. Et pourquoi sentait-il une rage sourde s'emparer de lui à la seule pensée que Sophia puisse se donner à un autre homme ? A cause du souvenir du désastre qu'avait été son premier mariage, et pour aucune autre raison.

— Non, répondit-elle avec calme.

Elle était sincère, comprit Ash. Elle se rebellait contre les décisions de son père et l'environnement dans lequel elle avait grandi, mais son héritage royal était inscrit dans sa chair et elle tiendrait le rôle qui lui était échu à sa naissance, songea-t-il avec respect et admiration.

— Je ne suis plus une enfant, Ash, poursuivit-elle. Quand j'ai accepté de t'épouser, je savais à quoi je m'engageais. Et je suis d'accord avec toi : pour les gens de notre rang, c'est un devoir d'assumer le rôle dont nous avons hérité en venant au monde.

Une lueur incandescente traversa ses yeux bruns.

— Si tu as été déçu par la découverte de ma virginité, j'en suis désolée. Mais je serai aussi impliquée dans ce mariage que je l'aurais été s'il avait été fondé sur l'amour. Et je te serai fidèle : je ne veux pas que mes enfants aient jamais à se demander si mon mari est bien leur père. *Jamais.*

Ash ferma les yeux. L'espace d'un instant, à l'écouter, il avait eu envie… Une fois de plus, il réprima l'émotion qui montait du plus profond de son être. Evitant de regarder Sophia, il posa son verre sur la table et quitta sa chambre.

Elle était seule, son mari était parti. Après avoir partagé une telle intimité, Sophia aurait tant aimé que Ash reste auprès d'elle ! Mais il ne s'était agi que de sexe, se rappela-t-elle, aussi n'aurait-il servi à rien de continuer à entretenir des rêves évanouis depuis longtemps.

Mieux valait regarder la réalité en face, et l'avenir. Qu'allait-elle faire de sa vie, désormais ? Quels buts allait-elle se donner ?

Au sein de la famille royale de Santina, on ne lui avait jamais permis de s'initier à aucune activité sérieuse, en dehors des études. Le seul rôle qu'on attendait d'elle était de paraître aux cérémonies officielles en sa qualité de benjamine du roi.

Si Sophia en avait eu l'opportunité, elle aurait aimé s'impliquer dans un rôle bien plus exigeant. Un jour, elle avait réussi à persuader sa mère de la laisser visiter une école et ce qu'elle y avait vu l'avait remplie d'enthousiasme. Elle aurait aussi voulu faire quelque chose pour aider les personnes dans le besoin, à Santina, mais son père avait totalement désapprouvé cette idée.

A présent, en tant qu'épouse de Ash et maharani de Nailpur, certains devoirs lui incombaient. Serait-ce là son salut ? En s'impliquant dans son rôle d'Etat, oublie-rait-elle l'amour ?

Celui-ci pouvait revêtir toutes sortes de formes, songea Sophia. En s'impliquant auprès du peuple de Nailpur, en aimant les gens, elle trouverait le moyen de les aider. Et ses actions profiteraient autant à elle-même qu'à eux.

Toutefois, cette perspective ne suffit pas à chasser la tristesse qui lui serrait le cœur.

Incapable de se décider à gagner son lit, Ash arpenta sa chambre en tournant et retournant les paroles de Sophia dans son esprit. Il s'en voulait de ne pas avoir suivi l'instinct qui lui répétait inlassablement qu'il y avait de la vulnérabilité en elle, en dépit de tout ce qu'on racontait sur son compte.

Pourquoi ne s'était-il pas plus inquiété de découvrir la vérité ? Pourquoi ne s'était-il pas interrogé sur ses propres réticences ?

Parce que le passé s'était mêlé au présent, et que le souvenir de Nasreen obscurcissait tout. Son devoir lui imposait de ne jamais oublier sa première épouse et de ne jamais ignorer la culpabilité qu'il ressentait envers elle.

De toute façon, il était trop tard, aussi était-il inutile de regretter de ne pas s'être interrogé davantage sur le comportement de Sophia. Désormais ils étaient mariés et savaient tous deux qu'ils avaient intérêt à tirer le meilleur parti de la situation.

Ash ôta sa tunique et alla se coucher. La découverte de la virginité de sa femme avait ébranlé toutes les certitudes qu'il nourrissait envers elle. Soudain, son lit lui parut affreusement vide, et il se sentit impuissant à maintenir les barrières qu'il avait érigées en lui pour contenir ses émotions.

La culpabilité, la souffrance, une impression de perte infinie... Tout se mêlait en un chaos insupportable.

Soudain, Ash se redressa sur son séant, un voile de sueur froide perlant à son front. Que lui arrivait-il ? se demanda-t-il avec stupeur. Rien. Ce n'était *rien*. Et, pour se le prouver, il resterait éloigné du lit de Sophia tant qu'il ne serait pas certain de pouvoir la prendre sans éprouver la moindre émotion.

Leur mariage était fondé sur la nécessité, et il fonctionnerait parce que c'était leur devoir qu'il fonctionne. Leur union ne serait menacée par aucune émotion ou aucun désir déplacés. Et puis leur première étreinte allait peut-être porter ses fruits...

Lorsqu'ils sauraient si Sophia était enceinte ou non, il la rejoindrait dans son lit.

Quant au désir qui le consumait encore à cet instant même, Ash le dominerait. Parce que s'y abandonner équivaudrait à s'exposer à la vulnérabilité — et il ne pouvait se le permettre.

8.

Depuis leur nuit de noces, c'est-à-dire depuis presque trois semaines, Ash ne l'avait pas touchée une seule fois.

Lui manquait-il ? Sophia ferma les yeux en sentant l'humiliation la gagner. En effet, elle devait reconnaître que son corps réclamait le plaisir que Ash lui avait donné. Tout en elle réclamait Ash.

Elle s'était attendue à ressentir de telles sensations avec l'homme qu'elle aimerait, mais elle n'aimait pas Ash. Il ne l'aimait pas non plus, aussi le désir qui la consumait lui laissait-il un goût amer.

Ash lui avait dit qu'ils devraient attendre de savoir si elle était enceinte avant de coucher de nouveau ensemble. Apparemment, il n'était pas pressé de revenir partager son lit. Ce qui n'était pas étonnant puisque, pour Ash, lui faire l'amour relevait du devoir conjugal.

Les paroles de son mari avaient blessé si profondément Sophia que, lorsqu'elle avait appris qu'elle n'était pas enceinte, elle ne lui en avait rien dit. Au fond, elle redoutait qu'en dépit de ce qu'il avait affirmé elle ait souffert de la comparaison entre elle et Nasreen. Et qu'à présent il ne puisse imaginer de la toucher.

Sophia n'aimait pas laisser sa première épouse s'immiscer ainsi dans ses pensées, mais elle ne pouvait s'en empêcher.

Puisque, sans même l'aimer, Ash avait pu lui faire

ressentir une telle volupté, qu'en avait-il été pour Nasreen ? Il n'était sans doute jamais resté longtemps éloigné de sa jeune épouse…

Brusquement, Sophia sentit la jalousie déferler en elle. C'était stupide. Elle ne pouvait se permettre d'être jalouse de Nasreen et devait au contraire se concentrer sur sa propre vie. Alors, pourquoi ne pouvait-elle s'empêcher de questionner Parveen sur la première épouse de Ash ?

Lorsque, au mépris du protocole dans lequel elle avait été élevée, elle avait interrogé la jeune servante, celle-ci s'était d'abord montrée réticente à satisfaire sa curiosité. Puis, peu à peu, Sophia l'avait persuadée de se confier à elle.

En fait, Nasreen n'était pas très aimée du personnel du palais, avait dit Parveen. D'ailleurs, elle y séjournait rarement, préférant vivre à Bombay auprès de sa famille.

— Quand une femme se marie, la famille de son mari devient la sienne, mais la maharani était restée très liée à ses parents, avait poursuivi la jeune fille.

— Mais Ash, le maharajah, l'aimait-il ?

Après un léger silence, Parveen avait répondu :

— Oui, il l'aimait beaucoup. Mais un homme peut aimer plus d'une épouse. Et celle qui lui donnera son premier fils occupera toujours une place spéciale dans son cœur.

Quelle allusion discrète ! soupira Sophia en repensant aux paroles de Parveen. Heureusement, aujourd'hui, elle avait de quoi occuper son temps et ses pensées.

En effet, elle devait aller visiter l'école d'un petit village situé non loin de la ville, accompagnée par Aashna, l'épouse de l'un des principaux conseillers de Ash. Celle-ci, qui avait été institutrice avant son mariage, était devenue en quelque sorte une dame d'honneur non officielle pour Sophia.

— Vous serez peut-être choquée de voir la pauvreté qui règne dans le village, prévint-elle. L'Inde n'est pas l'Europe et, bien que Ash fasse des efforts considérables pour moderniser le pays et améliorer le système d'éducation de nos enfants, cela prendra du temps. La première génération de jeunes diplômés à avoir bénéficié du programme qu'il a mis en place revient seulement maintenant à Nailpur pour aider leurs familles. Nombre de ces jeunes gens ont étudié l'agriculture. En faisant en sorte que nos productions locales suffisent à nourrir les autochtones et en attirant les touristes, Ash espère redonner de la vitalité à notre région et développer l'économie.

L'admiration perçait dans la voix de Aashna, remarqua Sophia en l'écoutant attentivement.

— Nous avons aussi de jeunes diplômés en médecine, poursuivit-elle. Ils travailleront dans le nouvel hôpital qui sera inauguré d'ici à la fin de l'année. Ash a déjà accompli beaucoup pour son peuple, mais il reste tant à faire, surtout du côté des jeunes mères des tribus. Leurs maris ne sont pas toujours disposés à les laisser profiter des soins modernes. Le style de vie nomade traditionnel tient une place importante dans notre identité et notre héritage culturel, mais il a ses limites…

Sophia se sentit très fière de Ash et, en même temps, vit se renforcer son propre désir de contribuer elle-même à l'amélioration des conditions de vie des habitants de Nailpur.

— L'intérêt que porte la maharani au nouveau programme d'éducation nous honore, Majesté. Aujourd'hui, mon épouse l'accompagne dans un village où l'on vient d'ouvrir une nouvelle école.

Ash apposa sa signature au bas du dernier des documents apportés par son conseiller et leva les yeux vers celui-ci.

— De quelle école s'agit-il ? demanda-t-il malgré lui.

— Celle du village situé dans l'oasis de White Dove, où viennent aussi les enfants de certains nomades.

Après s'être incliné, le conseiller reprit les documents et quitta la pièce.

Cela faisait trois semaines que Ash avait épousé Sophia et, excepté les moments brûlants partagés durant leur nuit de noces, ils avaient vécu loin l'un de l'autre. Parce qu'il craignait les désirs et les émotions qui persistaient à s'agiter en lui et qui auraient pu le submerger s'il allait vers sa femme ?

C'était uniquement le choc causé par la découverte de la virginité de Sophia qui l'avait privé de tout contrôle, conclut Ash. Il n'avait jamais envisagé qu'entre eux les contacts se borneraient à quelques rares visites nocturnes. Ils étaient des partenaires, après tout, et en tant qu'épouse du souverain elle avait un rôle à jouer auprès du peuple de Nailpur. Rôle qu'elle assumait déjà sans avoir besoin de son aide. Et, à en croire son conseiller, elle se débrouillait fort bien.

Ash alla ouvrir la porte et appela l'un de ses assistants.

— Faites venir ma voiture, dit-il. Mais je n'aurai pas besoin d'escorte officielle.

Assise à même le sol poussiéreux de l'unique salle de classe de l'école, un bâtiment d'un seul étage, Sophia réussit peu à peu à vaincre la timidité des enfants.

Les yeux brillants et dans leur anglais encore hésitant, ils parlèrent bientôt des matières qu'ils étudiaient. Leur uniforme d'écolier était fourni par l'Etat, expliquèrent-ils, et une fois que la glace fut rompue ils lui confièrent qu'ils aimaient beaucoup leur nouvelle école. Ensuite, quand ils évoquèrent le maharajah, qu'ils semblaient vénérer profondément et sincèrement, leurs petites voix vibrèrent d'enthousiasme.

Leur élan et leur joie, ainsi que leurs yeux sombres si brillants, émurent beaucoup Sophia. Les enfants qu'elle aurait avec Ash leur ressembleraient. Ce serait à eux qu'elle pourrait donner tout l'amour dont Ash ne voulait pas. Ils ne connaîtraient rien de la solitude dans laquelle elle avait grandi, écrasée par la distance qui la séparait de ses parents. A cause de celle-ci, elle n'avait jamais osé se confier à eux ni leur parler des craintes qui l'habitaient.

Soudain, le petit garçon qui lui démontrait avec fierté son habileté à se servir d'un ordinateur se leva et ses yeux noirs s'agrandirent avant qu'il ne s'incline avec déférence. Se retournant, Sophia vit Ash, à quelques pas d'elle. Vêtu d'un somptueux costume gris clair, il la dominait de toute sa hauteur.

Quand il tendit la main vers elle, Sophia la prit aussitôt. En effet, le protocole devait être respecté en public, même si en privé Ash ne l'avait plus touchée depuis trois semaines.

Elle se leva, tandis que son mari remerciait cordialement les maîtres d'école de leur avoir permis de perturber l'emploi du temps de la classe. Après avoir serré la main à tout le monde, il sortit avec Sophia.

Dehors, l'odeur forte des chameaux lui monta aux narines. Les tenant par la longe, les nomades attendaient avec patience tandis qu'à côté d'eux les femmes bavardaient entre elles. Dès qu'elles virent Ash, elles s'inclinèrent devant lui, faisant tinter leurs bijoux colorés. Pudiquement, elles tenaient leur *odhni* devant leur visage, l'extrémité du tissu coloré et transparent flottant dans la brise légère.

— La maharani rentrera au palais avec moi, dit Ash à l'escorte qui attendait Sophia.

Il se tourna vers elle avant d'ajouter :

— J'ai à te parler.

— Cela tombe bien, répliqua Sophia. Car moi aussi j'ai quelque chose à te dire.

Toutefois, quand ils furent installés à l'arrière du véhicule faisant route vers le palais, elle sentit son assurance disparaître. Silencieux, Ash gardait le visage tourné vers la vitre dans une attitude qui n'incitait pas au dialogue. Pourtant, il avait dit vouloir lui parler...

La vue de Sophia assise au milieu des enfants, parfaitement à l'aise et heureuse de se trouver avec eux, avait touché un point sensible en Ash. Il avait réussi à persuader Nasreen de l'accompagner dans une école une seule fois. Là, elle s'était plainte de la saleté des enfants et avait refusé de les approcher, et même de leur adresser la parole.

Il se rappelait encore l'air confus et blessé qui se lisait dans leurs yeux, et dans ceux de leurs mères. Ce jour-là, Ash s'était juré que ce genre de situation ne se reproduirait plus jamais.

Sophia venant d'une autre culture, il ne se serait jamais attendu à ce qu'elle s'intéresse aux enfants de Nailpur. Et pourtant elle avait réussi à établir un contact avec eux, auquel les enfants avaient répondu avec une joie manifeste.

— Mon plus ancien conseiller a suggéré que tu occupes une fonction officielle, dit-il d'un ton brusque. Par conséquent, j'ai pensé que tu voudrais peut-être t'impliquer personnellement dans le nouveau programme d'éducation.

Sophia se tourna vers lui, le visage radieux.

— Oh ! Ash, j'adorerais cela ! En fait, je voulais justement te demander si je pourrais me rendre utile, de façon concrète… Je… j'aime beaucoup les enfants.

Lorsqu'une légère roseur envahit ses joues, Ash comprit qu'elle faisait allusion non seulement aux enfants de Nailpur en général, mais à ceux qu'ils auraient ensemble. La réaction immédiate de son corps, l'accélération des battements de son cœur et la violence de son désir le laissèrent sans voix.

— J'allais te demander comment je pourrais m'investir davantage, poursuivit-elle, les yeux brillants. Et, comme cela, te soulager peut-être d'une partie des devoirs qui pèsent sur tes épaules.

— Il y a aussi le projet de création d'un nouvel hôpital, destiné à accueillir les femmes et les enfants, répondit-il. Les femmes, surtout celles des tribus nomades, se laisseront plus facilement approcher par toi. Elles te confieront leurs problèmes de santé, plus qu'à moi. Leur culture leur interdit tout contact avec les hommes en dehors de leur cercle familial. A long terme, je voudrais les intégrer davantage dans la société moderne, mais c'est compliqué et il ne faut rien précipiter.

— Non, tu as raison, approuva Sophia. De tels domaines doivent être abordés avec précaution. Je pourrais peut-être apprendre leur langue — juste le minimum… Pour faciliter le contact…

A l'intérieur du véhicule, l'atmosphère avait maintenant changé, si bien que Sophia parlait librement avec lui, comme autrefois.

— Je veux assumer mon rôle de maharani, ajouta-t-elle avec élan, autant que j'en suis capable.

Quittant la route poussiéreuse, la limousine passa la porte fortifiée.

— En l'absence de toute information contraire de ta part, dit Ash, j'en déduis que tu n'es…

Sophia comprit aussitôt à quoi il faisait allusion.

— Non, l'interrompit-elle. Je ne suis pas enceinte.

Ce soir, il s'autoriserait à aller la rejoindre, décida Ash. Il céderait au désir qui le consumait. Après tout, il était de son devoir de concevoir un héritier, et Sophia lui appartenait. Partager sa couche ne signifiait rien de particulier, et cela ne romprait en rien son engagement à garder ses distances avec elle.

Dès que Sophia franchit le seuil de ses appartements, Parveen vint l'informer, avec une excitation mal dissimulée, que *beaucoup de caisses* étaient arrivées de Santina.

Après avoir demandé qu'on lui prépare du thé et les délicieux petits biscuits dont elle craignait de ne plus pouvoir se priver, Sophia se dirigea vers son dressing où l'attendaient lesdites caisses.

Lorsqu'elle souleva le couvercle de la première, elle découvrit une grande enveloppe déposée sur le dessus, portant le sceau personnel de son père.

Fronçant légèrement les sourcils, Sophia la prit et rompit le sceau. Toute petite, elle avait toujours été fascinée de voir son père presser son cachet dans la cire rouge avant de l'apposer sur le papier. A cette époque-là, elle était heureuse : elle n'avait pas encore pris conscience des doutes entourant sa naissance et sa légitimité.

La lettre était manuscrite, constata-t-elle bientôt en dépliant la large feuille de papier ivoire. Son père lui rappelait sans doute combien sa conduite l'avait irrité… Sur le moment, elle eut envie de replier la missive sans la lire, mais son sens du devoir l'en empêcha.

Quittant le dressing, Sophia alla s'asseoir sur le sofa de sa chambre et commença à lire la lettre de son père. A son grand étonnement, au lieu de lui faire des reproches, il s'adressait à elle avec une relative chaleur.

« Ma chère fille,

» Je t'écris pour te dire que je suis ravi de ton mariage. C'est une excellente union, qui me convient en tout point. Les liens d'amitié noués entre Alessandro et Ash durant leur enfance, et entretenus depuis, se voient maintenant cimentés par ton mariage avec Ash. Cet heureux rapprochement ne pourra que renforcer les liens existant entre nos deux Etats. De tels liens jouent un rôle essentiel dans l'esprit des dirigeants, et c'est pour cette raison que j'ai toujours mis l'accent, auprès de tous mes enfants, sur l'importance capitale des mariages réussis.

» Si je me suis montré trop strict envers toi, c'était parce que je me suis beaucoup inquiété à ton sujet. Mais je sais qu'avec Ash tu seras en sécurité.

» Je sais également que nos deux Etats pourront envisager de forger des liens encore plus puissants par le biais des affaires, autant que par celui des intérêts personnels qu'ils partagent. »

Son père avait ensuite signé de sa grande signature extravagante.

Les mots devinrent flous tandis que Sophia relisait la lettre. *Ma chère fille*, avait-il écrit. Bien sûr, il en venait rapidement aux avantages matériels que Santina espérait tirer de ce mariage, mais la gentillesse émanant du ton général de la lettre lui faisait monter les larmes aux yeux.

Elle repensa à la confiance que lui avait témoignée Ash en acceptant son désir de s'impliquer en personne dans le programme d'éducation. Ni l'attention de son père ni la confiance de son mari ne pouvaient se comparer à l'amour dont elle avait rêvé autrefois mais, à leur façon, ils lui offraient un peu de réconfort et d'espoir en l'avenir.

Une jeune bonne vint lui apporter le thé et les biscuits, puis quitta tranquillement la pièce.

Sophia sourit et se pencha pour choisir un petit gâteau rond au sésame.

Puis, quand elle eut vidé sa tasse et dégusté plusieurs biscuits, elle se leva, impatiente d'examiner le contenu des caisses envoyées de Santina.

Deux heures plus tard, elle et Parveen en avaient vidé trois et avaient empli les penderies, les rayonnages et les tiroirs du dressing. Il n'y avait plus de disponible que la rangée de placards occupant l'un des murs.

— Nous allons y ranger le reste, Parveen, dit-elle en les désignant à la jeune fille.

Celle-ci resta immobile, l'air très mal à l'aise.

— Qu'y a-t-il ? demanda Sophia.

Après un silence, Parveen répondit rapidement, sans la regarder en face.

— Je suis désolée, maharani Sophia, mais les vêtements de maharani Nasreen y sont conservés.

Les vêtements de Nasreen étaient restés là, des années après sa mort… Envahie par un mélange de colère et de répulsion, Sophia contempla les portes closes avec stupeur. Puis un frisson glacé lui parcourut la peau, accompagné d'une émotion à laquelle elle refusa de donner un nom.

Ash aimait encore sa première femme au point de ne pouvoir se débarrasser de ses tenues. Il les gardait dans une pièce qui lui appartenait maintenant, à elle, sa seconde épouse. Au cours de leur nuit de noces, c'était probablement en songeant à Nasreen qu'il l'avait possédée. Et c'était sans doute cet amour encore vivace qui l'empêchait de revenir partager son lit.

Très bien, Sophia s'en accommoderait mais, en revanche, elle n'avait pas l'intention de tolérer la présence des vêtements de Nasreen dans ce qui était maintenant *son* dressing, décida-t-elle avec humeur.

— Merci, Parveen. Vous pouvez disposer, à présent, je vais me débrouiller avec ce qui reste.

La jeune servante s'en alla aussitôt, avec un soulagement évident, remarqua Sophia.

Dès qu'elle se retrouva seule dans le dressing, elle se dirigea vers les portes avant de s'arrêter devant. Après avoir inspiré à fond, elle en ouvrit une d'un geste brusque. Soulevées par le léger courant d'air provoqué par l'ouverture de la porte, les soies délicates ondulèrent légèrement.

Sophia ferma les yeux en sentant un effluve entêtant lui caresser les narines. Celui du parfum porté autrefois par la femme qu'avait aimée Ash.

Sa colère fut soudain remplacée par quelque chose de plus destructeur, de plus douloureux. La simple vue des vêtements de Nasreen avait suffi à raviver l'ancienne blessure.

Rouvrant les yeux, Sophia effleura les tenues raffinées : saris somptueux brodés de sequins dorés, *salwar kameez* aux ravissants tons vifs ou pastel… Quelle allure aurait-elle dans ces habits ayant appartenu à une autre — à la femme chérie par Ash ?

Poussée par une force incontrôlable, elle tendit la main vers un *salwar kameez* d'un beau turquoise clair.

Tout en arpentant les jardins privés sur lesquels donnaient ses appartements, Ash fut gagné par une étrange sensation de malaise. Pourquoi cet environnement dans lequel il se sentait toujours si apaisé, où il goûtait une solitude bénie, lui donnait-il ce soir une pénible impression d'abandon, voire de réclusion ?

Parce qu'une telle paix était destinée à être partagée, se dit-il soudain en tressaillant. Avec Sophia…

A la simple pensée de sa jeune épouse, il sentit le désir vibrer dans tout son corps.

Chaque nuit, le souvenir des moments qu'ils avaient

partagés au soir de leurs noces le tourmentait tandis qu'il essayait en vain de trouver le sommeil.

La faim le rongeait sans répit, celle de voir de nouveau le feu brûlant dans ses yeux quand elle l'avait regardé. De la toucher, de la serrer contre lui et de se perdre en elle en oubliant le passé. De ne songer qu'à ce qu'ils allaient forger ensemble, à l'enfant qui leur viendrait.

Un gémissement sourd échappa à Ash alors qu'il faisait demi-tour en direction du palais.

Il n'aurait pas dû céder au désir impérieux qui avait pris possession de lui, mais il se sentait gouverné par une force dépassant toute logique, toute raison. Trop pressé pour emprunter le dédale de corridors menant aux appartements de Sophia, il décida d'utiliser le passage secret que son arrière-grand-père avait fait réaliser au moment du réaménagement du palais. De cette façon, son aïeul pouvait rejoindre son épouse à l'insu des serviteurs, et en toute simplicité.

Dissimulée dans le mur grâce à une peinture aux motifs savants, la porte céda sous sa poussée et, après avoir traversé l'entrée des appartements de Sophia, Ash se dirigea à pas pressés vers sa chambre.

Quand il eut ouvert la porte, il se figea tandis qu'un frisson glacé parcourait tout son corps.

N'en croyant pas ses yeux, Ash contempla en silence la femme qui se tenait de dos devant lui.

Nasreen… Il avait beau savoir que c'était impossible qu'elle soit là, à quelques mètres à peine de lui, il ne put refréner la fureur noire qui montait en lui, le submergeant comme un raz-de-marée.

Dès que la silhouette turquoise bougea, il la reconnut : Sophia. Seul le corps incroyable de Sophia pouvait se mouvoir ainsi…

La colère qui avait pris possession de lui était dirigée contre Nasreen, pour avoir trahi le devoir qui aurait dû les réunir au lieu de les séparer ; contre Sophia, pour avoir osé revêtir ce *salwar kameez* qui ne lui appartenait pas — mais aussi et surtout contre lui-même.

Sa fureur l'aveuglait, le laissant sans défense contre sa puissance destructrice. En trois enjambées, il rejoignit Sophia et la fit pivoter sur elle-même.

— Ote ces vêtements, ordonna-t-il. *Immédiatement.* A moins que tu ne veuilles que je ne te les ôte moi-même.

9.

Tremblant sous le choc, Sophia contempla son mari en silence.

A vrai dire, la colère de Ash était totalement justifiée, reconnut-elle en son for intérieur. Elle avait violé un lieu intime, qui n'aurait jamais dû être pénétré par quiconque.

Elle aurait voulu s'excuser, dire à Ash qu'elle avait cédé à une impulsion stupide, que son comportement était impardonnable… Mais il semblait en proie à une telle rage qu'elle ne put articuler un mot.

Ash avait l'impression d'avoir la chair à vif. La colère, la honte, l'amertume se mêlaient à la culpabilité qui bouillait en lui, formant un chaos insupportable.

Il n'avait pas le droit d'en vouloir à Nasreen. Ni de se sentir floué d'une chose dont il se languissait. Il n'avait pas même le droit de se languir. Il était venu là ce soir pour être avec Sophia, après s'être forcé à garder ses distances avec elle, luttant contre ses démons et contre le désir qu'elle éveillait en lui.

Or il n'avait aucun droit d'entretenir ce désir. En se le permettant, il enfreignait les règles qu'il s'était imposées après la mort de Nasreen.

Il n'avait pas le droit de désirer Sophia. Il n'avait *aucun* droit, sinon celui de supporter le poids de la culpabilité qu'il ne devait *jamais* oublier. Aussi n'avait-il maintenant plus qu'une chose à faire : tourner les talons, s'en aller et s'infliger ainsi le châtiment qu'il méritait.

Ensuite, il ne reviendrait à Sophia que lorsqu'il se serait débarrassé de tout désir pour elle.

A cet instant, elle essaya de se libérer, et le parfum de Nasreen, lourd et trop sucré, lui monta aux narines.

Un dégoût irrépressible envahit Ash.

— Ote ces vêtements, répéta-t-il d'une voix dure.

Les traits presque déformés par le dégoût, il lui lâcha brutalement le poignet. La toucher lui était odieux, comprit Sophia. Son attitude le révulsait, à tel point qu'il lui était intolérable de demeurer dans la même pièce qu'elle.

Elle avait commis un acte impardonnable, mais il était trop tard pour regretter cette faiblesse momentanée. Elle avait fait un faux pas, à l'instant même où Ash venait enfin la rejoindre dans sa chambre. A cette pensée, Sophia sentit un désir incongru s'emparer d'elle.

Comment pouvait-elle se laisser aller ainsi, alors que Ash la désirait dans un seul but : concevoir un héritier ?

Où était passé son amour-propre ? Soudain, Sophia souhaita que Ash s'en aille afin qu'elle puisse se débarrasser des habits qui semblaient maintenant lui brûler la peau. Redressant les épaules, elle passa devant lui, le corps tremblant de la tête aux pieds.

Ainsi, elle l'ignorait, songea Ash en la regardant s'éloigner. Soudain, le chaos qui régnait en lui lui fit perdre la tête. Il la rejoignit et l'attira à lui. Puis, incapable de supporter plus longtemps la vue des vêtements de Nasreen, il saisit sa tunique à l'encolure et déchira le tissu en un bruit sec.

— Non…

Après coup, il se haïrait d'avoir détruit le beau sari ayant appartenu à Nasreen, elle le pressentait. Et il la détesterait elle, la jugeant responsable de ce geste.

Mais Ash ne l'écoutait pas, comprit-elle en essayant

de repousser ses mains. Il refusa de lâcher la tunique et acheva de la déchirer jusqu'en bas. Sophia poussa un cri de protestation et, cette fois, Ash sembla émerger de sa fureur.

Le visage blême, il se détourna.

— Enlève-les, répéta-t-il d'une voix blanche. Maintenant.

— Très bien ! s'écria-t-elle d'un ton furieux en se débarrassant de la tunique déchirée.

A présent, ces vêtements l'écœuraient ; la sensation de la soie sur sa peau lui était insupportable, elle l'emprisonnait. D'un geste rageur, elle laissa tomber les différentes pièces sur le sol, puis les repoussa d'un coup de pied.

Ne portant plus que sa propre culotte, elle se redressa, le souffle court, tandis que la force de sa colère laissait Ash muet de stupeur.

Elle était… magnifique, reconnut-il. Oui, magnifique. A présent, tout souvenir de Nasreen avait disparu, et Sophia se révélait exactement telle qu'elle était en son essence : elle-même. Et il la désirait avec une telle intensité que c'en était à peine supportable.

— Tu es satisfait, maintenant ? lança-t-elle, les yeux étincelants.

— Non, je ne suis pas satisfait, dit-il d'une voix rauque en franchissant les quelques pas qui les séparaient. Et je ne le serai pas tant que tu n'auras pas conçu notre enfant.

L'instant d'après, elle était dans ses bras tandis qu'il l'embrassait sauvagement, pour la punir, l'humilier. Et pourtant Sophia ne pouvait lui résister. L'urgence palpitait entre eux, en eux, les emportant dans une sorte de vague incandescente qui annihilait tout sur son passage.

Elle désirait Ash, elle brûlait d'être possédée par lui. Plus rien d'autre n'avait d'importance.

Il devait s'arrêter, tout de suite, songea Ash dans une sorte de brouillard. Toute sa raison le lui enjoignait. Il voulut obéir à la voix qui résonnait dans son esprit, mais lorsqu'il essaya de s'écarter de Sophia elle se lova contre lui.

C'était impossible, il ne pouvait pas la quitter, pas maintenant. Ivre de sa senteur virile, Sophia défit les premiers boutons de sa chemise et posa ses lèvres sur son épaule nue.

Ash ferma les paupières. Quand une femme l'avait-elle ébranlé ainsi ? Une plainte rauque franchit ses lèvres. Les baisers de Sophia, à la fois doux et passionnés, provoquaient en lui des sensations inconnues. Il avait envie d'être touché par elle, *partout*, d'être caressé au plus intime de son corps.

Jamais il n'avait ressenti de tels désirs. Il n'avait même jamais soupçonné qu'ils puissent exister. Il voulait s'abandonner à ses caresses, à l'exploration de ses mains, de sa bouche. Il voulait s'offrir à Sophia, se donner à elle, tout entier.

Lorsqu'il lui prit la main, Sophia se sentit gagnée par le désespoir. Ash refusait qu'elle le touche. Il allait la repousser. Mais à sa grande stupeur, au lieu de lâcher sa main, il la posa sur son érection.

Une joie incroyablement érotique déferla en elle. La sensation de sa virilité frémissant sous sa paume et ses doigts était merveilleuse, vertigineuse.

— Ash…

Sur ses lèvres, son prénom avait flotté en un doux murmure. Dans la lumière tamisée de la chambre, sa peau luisait d'un doré clair. Lorsqu'il regarda ses seins ronds et pleins, avec leurs pointes gonflées et sombres, Ash sentit tout contrôle s'évanouir. Entre deux baisers ardents, il se déshabilla à la hâte.

Et, quand Sophia tressaillit en découvrant son corps nu, puis fit descendre son regard sur son sexe dressé, il se sentit envahi par une fierté toute virile.

— Caresse-moi, ordonna-t-il d'une voix douce. Goûte-moi.

Ses paroles embrasèrent Sophia. Fermant les yeux, elle se laissa entraîner vers le lit, où Ash l'allongea délicatement sur le dos, avant de s'étendre à côté d'elle.

— Caresse-moi, répéta-t-il en lui prenant de nouveau la main.

Le seul son de sa voix électrisa Sophia. Après s'être redressée, elle se pencha pour effleurer son ventre musclé. Le fait de toucher Ash faisait naître des frissons dans tout son corps, tandis qu'une chaleur humide se répandait entre ses cuisses.

S'enhardissant, elle se pencha davantage et posa ses lèvres sur son érection. Sa chair était si chaude, si douce… Soudain, une image traversa l'esprit de Sophia : elle s'imagina chevauchant Ash, son membre puissant la pénétrant au plus profond de sa féminité.

Combien de temps pourrait-il encore tenir ? Comment un homme aurait-il pu résister au torrent impétueux qui déferlait en lui ? Ash ne parvenait plus à se raccrocher à rien… Après avoir soulevé Sophia, il l'installa sur lui et cueillit le soupir qui franchit ses lèvres quand il referma les mains sur ses seins.

Lorsqu'il la souleva de nouveau pour la pénétrer, elle se mit à bouger d'instinct. Son sexe était prêt, ouvert et chaud, si bien que Ash ne put résister au désir d'en caresser l'orée et de titiller le bouton secret qui gonfla aussitôt sous ses doigts.

Sophia frémit tout entière et poussa un cri délicieusement féminin. Ivre d'elle, Ash eut envie de la goûter avec sa bouche et sa langue. Après s'être retiré, il se laissa glisser le long de son corps jusqu'à ce que ses lèvres puissent savourer sa liqueur intime. Lorsqu'il s'aventura dans les plis les plus secrets de sa féminité, elle poussa de longues plaintes rauques.

120

Le plaisir qui saisit Sophia était si intense qu'elle se demanda si elle pourrait le supporter. Et, quand Ash cessa sa torture exquise pour introduire de nouveau en elle son membre puissant et donner de vigoureux coups de reins, elle cria de nouveau tandis qu'ils basculaient tous deux dans l'extase.

Sans réfléchir, Ash caressa le dos humide de Sophia. Etroitement enlacés dans une sorte de complétude charnelle, ils reposaient en silence après avoir sombré ensemble dans le plaisir. Ou, plutôt, dans la volupté la plus incroyable qu'il ait jamais vécue.

D'un geste vif, il retira sa main et s'écarta de Sophia, mais sans quitter le lit. Ils étaient mari et femme, et il n'était pas une machine. Par ailleurs, Ash éprouvait un respect sincère envers Sophia et le rôle qu'elle jouait maintenant dans sa vie. Et puis elle s'était donnée à lui avec une sensualité inouïe, mais aussi avec générosité, reconnut-il.

Il resterait avec elle par respect, envers elle et envers leur mariage, se dit-il pour se convaincre. A cet instant, Sophia tressaillit.

— Qu'y a-t-il ? demanda-t-il en fronçant les sourcils.

— Tu as vraiment besoin de poser la question ? Ce n'est pas moi que tu as basculée sur ton lit ce soir, n'est-ce pas, Ash ? C'est Nasreen. Mais c'est ma faute, je n'aurais jamais dû porter ses vêtements. Je ne sais pas pourquoi j'ai agi ainsi. J'ai eu tort : je sais que tu l'aimes encore.

Sophia le croyait capable d'un tel acte ? Elle pensait qu'il aurait pu partager ce plaisir incroyable avec elle en songeant à une autre ?

— Non. Je n'aime plus Nasreen.

Ces paroles avaient franchi ses lèvres malgré lui. Un processus s'était déclenché, brisant sa culpabilité dont il se servait comme d'un bouclier. Un barrage cédait en Ash, laissant libre cours à ses pensées les plus intimes, pensées qu'il n'avait jamais énoncées à voix haute, devant personne. Elles surgissaient du plus profond de son être en un flot indomptable.

— En vérité, je n'ai jamais aimé Nasreen…

Interloquée, Sophia le regarda en silence. Depuis son mariage, elle avait mûri et appris à mieux connaître Ash, aussi était-elle certaine qu'il était sincère. Et, maintenant qu'il avait commencé à parler, il semblait ne plus pouvoir contrôler le flot de paroles qui franchissait ses lèvres.

— J'aurais dû l'aimer. Il était de mon devoir de l'aimer, poursuivit-il d'une voix rauque. Comme il était de mon devoir de faire en sorte que notre mariage soit bâti sur le même amour que celui qui avait uni mon arrière-grand-père et son épouse. Orphelin de bonne heure, j'avais grandi auprès d'une gouvernante qui me parlait de leur amour comme d'un modèle à suivre. Et je croyais qu'il suffisait d'avoir envie d'aimer ma femme pour que cela soit vrai. J'étais à la fois naïf et arrogant.

Une lueur dure traversa son regard.

— Quand les cérémonies de notre mariage ont été terminées et que j'ai regardé ma ravissante épouse, quand je l'ai écoutée, j'ai compris l'abîme qui nous séparait. Lorsque j'ai vu l'étendue de sa vanité et de sa superficialité, son égoïsme et son avidité, j'en ai conclu que c'était moi qui n'étais pas digne. Je n'étais pas digne de mon devoir, ni de recevoir le don d'amour qu'avaient partagé mes arrière-grands-parents.

Les mots s'écoulaient sans difficulté, à présent, comme s'ils n'avaient attendu que le moment de pouvoir s'échapper enfin. Comme s'il avait fallu la présence de cette femme pour qu'ils sortent de lui. Sophia, qui l'écoutait en silence. Parce qu'elle seule pourrait comprendre, qu'elle seule…

— Je n'aurais jamais dû l'épouser.

— Tu n'avais pas le choix, dit doucement Sophia.

— Peut-être. Mais ensuite, quand j'ai compris que mes attentes étaient irréalisables, j'ai eu le choix de prendre un autre chemin. J'aurais pu, *j'aurais dû*, choisir de construire notre mariage sur d'autres bases, plus pratiques mais néanmoins réalistes et réalisables.

Il voulait dire, comme *leur* mariage, songea Sophia en repoussant la souffrance qui lui étreignait la poitrine.

— Mais je ne l'ai pas fait, bien entendu. Je me suis laissé dominer par mes émotions, par ma colère envers moi-même d'avoir nourri des espérances vaines au lieu de me concentrer sur ce que je pouvais construire. Nasreen a été beaucoup plus réaliste. Elle m'a déclaré durant notre nuit de noces que ce mariage était purement diplomatique et dynastique, et que son cœur et son corps appartenaient pour toujours à un autre homme.

Sophia laissa échapper un soupir.

— Elle t'a dit qu'elle aimait quelqu'un d'autre ?

— Tu compatis à mon sort ? Ce n'est pas la peine, Sophia. Parce qu'au fond j'ai été soulagé quand elle m'a révélé sa liaison. Puisqu'elle ne m'aimait pas, je n'aurais pas à simuler un amour qui n'existerait jamais. En tout cas, les querelles ont vite éclaté entre nous et sont devenues de plus en plus fréquentes. Nasreen avait prévu de vivre à Bombay, parmi ses amis. Alors que, de mon côté, je souhaitais qu'elle passe plus de temps ici, à Nailpur. Je voulais qu'elle m'aide à améliorer les conditions de vie de mon peuple.

Il s'interrompit un instant, l'air sombre.

— Le soir de sa mort, nous nous étions disputés plus violemment que d'habitude. J'étais allé la chercher à Bombay et je l'avais ramenée de force, parce que je désirais qu'elle m'accompagne à une réception officielle. Et j'avais insisté pour qu'elle porte un sari qui avait été tissé pour elle par les femmes des tribus. Elles le lui avaient offert comme cadeau de mariage.

Peu à peu, tout prenait un sens, comme les morceaux d'un puzzle compliqué et douloureux, songea Sophia.

— Nasreen était furieuse. Elle m'a alors annoncé qu'elle n'avait pas l'intention de concevoir un enfant pour l'instant, parce qu'une grossesse l'empêcherait de mener la vie qui lui convenait. Je devrais attendre qu'elle soit prête, a-t-elle ajouté. J'ai riposté, bien sûr. Je lui ai interdit de retourner à Bombay.

Quand il s'interrompit et resta silencieux, Sophia comprit qu'il devait faire un effort surhumain pour poursuivre.

— Profitant que j'étais retenu dans mon bureau, reprit-il enfin, elle a quitté le palais au volant de sa voiture de sport. Elle avait insisté pour la garder, arguant que c'était la seule liberté dont elle pouvait jouir à Nailpur. Quand j'ai été averti de son départ, il était trop tard pour l'arrêter. Et trop tard pour lui sauver la vie.

Sophia tendit la main vers lui, mais la sensation de sa main fraîche sur la sienne fut insupportable à Ash. Il la repoussa. Il ne méritait pas sa compassion. Il devait supporter le poids de sa faute, châtiment pour son arrogance et sa fierté.

Incapable de regarder Sophia, il poursuivit son récit.

— Nasreen avait décapoté la voiture et, quand ils ont trouvé son corps, ils ont compris qu'elle avait été étranglée par le sari que je l'avais forcée à porter. Le tissu s'était pris dans l'une des roues de la voiture…

Les larmes se pressèrent sous les paupières de Sophia. Pauvre Nasreen, et pauvre Ash ! Mais il se montrait trop dur envers lui-même. C'était tellement typique du jeune homme qu'elle avait connu autrefois, qui croyait tant à l'honneur, le Ash pétri d'idéal et de justice !

— Je n'ai peut-être pas réussi à me comporter en homme d'honneur, ni à remplir mon devoir d'aimer

Nasreen, ajouta-t-il d'une voix sourde. Mais j'assumerai la responsabilité de sa mort.

Sophia sentit son cœur se serrer tandis qu'il poursuivait.

— C'est à cause de cet échec que je désire construire notre mariage sur des fondations plus pratiques. Quand les émotions gouvernent nos vies, elles sont dangereuses.

Sophia partageait entièrement son avis. D'autant qu'à ce moment même des émotions *très* dangereuses se bousculaient en elle.

— Je dois te dire autre chose, reprit Ash. Ce qui s'est passé tout à l'heure prouve de nouveau que nous nous entendons bien sexuellement. Cela renforcera notre mariage. J'ajouterai encore que j'apprécie beaucoup ton engagement envers le peuple de Nailpur. Tu possèdes un don inné pour le contact avec les femmes et les enfants. J'ai vu la manière dont ils te répondaient. Je suis sûr que ton implication contribuera beaucoup à la réussite du programme que j'ai lancé et je t'en suis très reconnaissant, Sophia.

— Je le fais avec plaisir, dit-elle sincèrement. Et je suis ravie d'apporter mon aide, si modeste soit-elle. Je ne doute pas qu'il existe de nombreuses autres princesses qui…

— Non, l'interrompit Ash. Aucune d'entre elles ne ferait une meilleure maharani que toi, Sophia. Ni une meilleure mère pour nos enfants.

— Et aucun autre homme ne ferait un père plus honorable que toi, répliqua Sophia.

Certes, Ash serait un père honorable, songea-t-elle, mais serait-il un père affectueux ? Les enfants avaient besoin d'affection, d'amour.

Sophia se força à refouler ses craintes. Ash était fier d'elle, il éprouvait un puissant désir pour elle, qu'elle partageait. Sur ces fondations, elle construirait sa nouvelle vie. Et son enthousiasme ne serait plus miné par de fausses assertions concernant sa relation avec Nasreen.

Maintenant que Ash s'était confié à elle, ils avaient l'opportunité de repartir de zéro. Tout était désormais possible, à condition de renoncer pour toujours à ses rêves d'amour adolescents.

Mais c'était sans doute aussi bien ainsi, car il était hors de question que Sophia retombe amoureuse de Ash, comme autrefois.

10.

Quand il entendit le rire clair et joyeux de sa femme monter de la cour de ses appartements privés, Ash hâta le pas. Il était impatient de lui parler des résultats des tests effectués sur la qualité des sols.

Depuis que les barrières qu'il s'imposait s'étaient écroulées, et qu'il avait révélé la vérité sur son premier mariage, sa vie avait changé du tout au tout. Et ces changements étaient survenus grâce à sa relation avec Sophia, songea-t-il en entrant dans le jardin.

Cet endroit était devenu une véritable oasis vers laquelle les gens convergeaient naturellement, attirés par sa femme. Chacun désirait lui confier ses soucis et ses espoirs.

Comme lui-même…

Lorsque Ash s'approcha de la fontaine, le bruissement mélodieux de l'eau l'apaisa aussitôt, mais c'était surtout la présence de Sophia qui emplit son cœur d'une douce chaleur.

Le son de la voix de sa femme, la lumière de son sourire avaient non seulement produit un effet bénéfique sur lui, mais ils avaient changé toute l'atmosphère du palais. Une harmonie nouvelle régnait entre tous les membres du personnel, qui se lisait dans leur sourire et dans leurs gestes.

Il avait pris la bonne décision en l'épousant. Leur

mariage n'était pas fondé sur des émotions. De la même façon, l'intimité passionnée qu'ils partageaient la nuit était nourrie par un désir charnel mutuel, dénué de toute implication sentimentale.

Alors, pourquoi Ash ressentait-il une vive anxiété dès qu'il pensait à Sophia ? Pourquoi n'arrivait-il pas à se détendre tant qu'il n'avait pas entendu son rire, vu son sourire ? En fait, il avait sans cesse besoin d'être rassuré, d'être certain qu'elle était aussi satisfaite de leur mariage que lui. Ne s'agissait-il pas là de réactions… émotionnelles ?

Non, décida-t-il en plissant le front. Il était inquiet à son sujet, tout simplement. Sa femme s'était impliquée dans son nouveau rôle avec un tel enthousiasme qu'il devait veiller à ce qu'elle ne surestime pas ses forces.

Lorsque Ash s'avança vers elle, Sophia tenta de calmer les battements désordonnés de son cœur. Dès qu'elle apercevait son mari, une joie immense l'envahissait. Maintenant qu'ils passaient plus de temps ensemble et qu'ils travaillaient de concert à l'avenir du peuple de Nailpur, elle aurait dû être habituée à le côtoyer mais, dès qu'il s'approchait d'elle, elle ne pouvait contrôler les réactions de son cœur.

En outre, aujourd'hui, elle avait une raison particulière de se réjouir de sa venue.

Sophia se tourna vers la jeune bonne qui venait d'apporter le thé.

— Merci, dit-elle en souriant. Je le servirai moi-même.

Puis elle poursuivit, à l'adresse de son mari :

— Je l'ai fait préparer quand j'ai appris que tu étais rentré. Comment cela s'est-il passé ?

— Encore mieux que je ne l'espérais, répondit-il en acceptant la tasse qu'elle lui tendait. Les tests ont confirmé que nous pourrons faire pousser une plus grande diversité de céréales que je ne l'avais pensé. Si tout se passe bien, non seulement le peuple de Nailpur sera autonome en ce qui concerne la production agricole, mais nos agriculteurs pourront aussi vendre le surplus.

— Je suis si contente, Ash ! s'exclama-t-elle. Tu as consacré tant de temps et d'énergie à ce projet.

— Pas plus que tu n'en accordes aux tiens, Sophia.

C'était le moment de le lui dire, songea-t-elle avec un léger tressaillement.

— Apparemment, nous avons de la chance dans tous nos projets, Ash. Mais, tant que le Dr Kumar ne l'aura pas confirmé, je ne peux pas en être certaine.

Ash reposa sa tasse sur le plateau et la regarda.

— Je crois que je suis enceinte…

Sophia avait su qu'il serait content. Mais le bonheur qui illumina le visage de Ash lui alla droit au cœur. Et, quand il lui prit les mains en murmurant son prénom, elle se sentit étrangement émue.

Cela faisait quelques jours qu'elle soupçonnait une grossesse et elle ne s'était pas inquiétée, sachant que cette nouvelle satisferait son mari. Mais la tendresse et la joie qui brillaient au fond de ses yeux firent naître en elle une émotion sur laquelle elle refusa de s'attarder.

— Je vais faire venir le Dr Kumar tout de suite, dit Ash d'une voix rauque.

La nouvelle qu'elle venait de lui annoncer était si merveilleuse qu'il ne pouvait réprimer la joie immense qui avait pris possession de lui. En même temps, il s'inquiétait déjà pour la santé de Sophia.

— Il est encore très tôt, répliqua-t-elle.

— Par conséquent, tu dois faire attention à toi. Peut-être serait-il préférable que tu réduises tes activités et que tu ailles à Bombay ? Là-bas tu pourrais te reposer davantage…

— Je n'ai aucune envie d'aller à Bombay, l'interrompit Sophia.

Elle le regarda en souriant : il arpentait maintenant la cour d'un pas nerveux…

— Je pourrai parfaitement me reposer ici, poursuivit-elle. *Si* j'en ai besoin, ce qui n'est pas le cas pour l'instant. Je veux rester au palais, dans notre demeure, qui sera aussi celle de notre enfant. Quant à réduire mes activités, Ash, je suis jeune et en bonne santé — et une grossesse est un phénomène tout à fait naturel !

— Je ne veux pas que tu…

— Tu ne veux pas que je prenne des risques, n'est-ce pas ? l'interrompit-elle de nouveau. Je sais et je te promets que je n'en prendrai aucun, mais tu ne dois pas trop me protéger.

Les émotions qui se bousculaient en elle se faisaient trop intenses, songea Sophia. Il fallait qu'elle se concentre sur des détails pratiques.

— Ton idée de donner la garde-robe de Nasreen a rencontré un succès total. Nous avons reçu des lettres adorables venant des différents organismes caritatifs que j'avais contactés. Tous nous disent leur reconnaissance et leur émotion d'avoir reçu de telles donations au nom de Nasreen.

Ash n'avait pas du tout l'intention de parler des vêtements de Nasreen, ni des organismes caritatifs qui en avaient bénéficié. Il désirait parler d'eux, de leur enfant, de leur avenir. Mais il devait se montrer indulgent et doux envers Sophia, songea-t-il. Surtout maintenant qu'elle était enceinte.

— Tant mieux. Mais ton idée de créer des bourses en hommage à sa mémoire est très généreuse, Sophia. En réalité, elles devraient porter ton nom parce que Nasreen n'aurait jamais été capable d'une telle générosité.

— Je suis heureuse de me montrer généreuse en son nom, répliqua Sophia.

En vérité, elle avait agi ainsi surtout pour que Ash

soit en paix. Maintenant qu'elle était enceinte, c'était encore plus important. Elle souhaitait que leur enfant ait un père libéré de ce passé sombre qui obscurcissait encore le futur. Ash avait trop souffert, à cause de ce qu'il avait considéré comme un échec personnel. Echec à cause duquel il ne prendrait jamais le risque de laisser des émotions s'insinuer dans son second mariage.

Après tout, n'était-ce pas ce qu'elle désirait aussi ? Alors, pourquoi se sentait-elle soudain envahie par un mélange de regret et de tristesse ?

Ce vague à l'âme était totalement déplacé, décida Sophia. Il était hors de question qu'elle s'abandonne à la nostalgie. Le sort de leur enfant en dépendait.

Lorsque la radiologue étala le gel froid sur son ventre, Sophia tressaillit et laissa échapper un soupir, si bien que Ash tourna la tête vers elle. Quand il avait insisté pour assister à l'échographie, elle avait été surprise mais heureuse de son attitude. Toutefois, c'était de l'enfant qu'il se souciait, pas d'elle.

Comme il était le plus proche de la radiologue, ce fut à lui, et non à Sophia, que celle-ci s'adressa.

— Votre Altesse, la maharani porte des jumeaux — deux garçons.

Lorsque Ash se pencha aussitôt au-dessus de Sophia pour mieux voir les images que désignait la radiologue sur l'écran, elle ressentit le besoin irrésistible de prendre sa main. Elle aurait tant voulu que ce soit elle qu'il regarde avec une pareille incrédulité et un tel émerveillement… Alors que ces instants auraient dû être uniques et partagés, Sophia eut l'impression de ne pas compter pour elle-même.

Aux yeux de Ash, sa seule valeur était de porter ses enfants, ses précieux héritiers mâles.

Sophia se répéta qu'elle aurait dû s'attendre à une telle réaction, qu'en tant que prince de sang royal ayant conclu avec elle un mariage arrangé sa réaction était normale. Mais elle ne put empêcher son cœur de battre violemment dans sa poitrine.

Elle était ravie d'être enceinte, mais elle se sentait soudain très seule, au moment où elle aurait dû se sentir estimée et… chérie ? Adorée ? *Aimée*, tout simplement ?

Ignorant du tumulte qui se déchaînait en elle, Ash lui tournait le dos tandis qu'il s'entretenait maintenant avec le Dr Kumar.

Un homme capable d'ignorer sa femme dans un moment aussi particulier pourrait-il donner à ses enfants l'amour dont ils auraient besoin ? L'amour vrai d'un père ? Celui dont elle-même avait tant manqué !

Alors qu'elle aurait dû se réjouir, Sophia fut envahie par une affreuse sensation de vulnérabilité et d'angoisse.

Ash était en proie à un désir si violent de prendre la main de Sophia qu'il n'osa pas la regarder. Ce que venait de révéler l'échographie était tellement incroyable… Dès que la radiologue avait préparé Sophia pour l'examen, il s'était senti gagné par des émotions déstabilisantes, qu'il n'avait pas le droit d'éprouver. Mais, quand il avait contemplé les images stupéfiantes en écoutant les explications de la radiologue, il avait senti une joie irrépressible le submerger.

Celle-ci était tout à fait compréhensible et naturelle, mais cette autre émotion, cette inquiétude au sujet de Sophia…

— Le peuple de Nailpur sera ravi d'apprendre la prochaine naissance de vos fils, Altesse, dit le Dr Kumar.

— Le fait qu'il y ait deux enfants est une merveilleuse

surprise, répliqua Ash. Pour le peuple de Nailpur et pour nous.

En dépit de ses courbes voluptueuses, Sophia était très fine, songea-t-il avec un regain d'inquiétude. Sa double grossesse constituait une difficulté qu'il n'avait pas envisagée. Soudain, Ash ressentit le besoin de prendre ses distances, de se protéger de l'intensité des émotions qui se bousculaient en lui — et qui menaçaient d'avoir raison du contrôle qu'il s'imposait.

— Je dois te laisser, dit-il brusquement, sans regarder Sophia. J'ai un rendez-vous important : le Dr Kumar organisera ton retour au palais. Mais avant de partir, je vais lui demander de trouver une infirmière qui s'installera…

— Non, l'interrompit-elle d'une voix ferme. C'est ridicule et superflu.

Le médecin et la radiologue s'éclipsèrent.

— Je ne suis pas malade, Ash, poursuivit Sophia. Je suis enceinte, et en parfaite santé !

— Tu es…

— Je porte tes héritiers, oui, je sais. Et j'espère que tu ne crois pas sincèrement que je pourrais prendre aucun risque susceptible de m'empêcher de les porter jusqu'au terme ?

— Je veux juste m'assurer que vous receviez les meilleurs soins possibles tous les trois, se défendit Ash.

Comment pouvait-il parler d'eux trois, alors qu'il ne s'était même pas donné la peine de lui témoigner la moindre affection, tout à l'heure ? se demanda Sophia un peu plus tard tandis qu'on la reconduisait au palais. Toutefois, elle ne devait pas se laisser démoraliser, se dit-elle aussitôt. Le fait qu'elle porte des jumeaux leur avait produit un choc, à elle autant qu'à Ash. Et puis la perspective de devenir parents allait forcément les rapprocher, se dit-elle pour se convaincre.

11.

Au lieu de les rapprocher, sa grossesse avait produit exactement l'effet contraire. En effet, Ash gardait ses distances avec elle, encore plus qu'auparavant.

Deux mois après avoir découvert qu'elle attendait des jumeaux, Sophia s'installa dans son jardin privé en soupirant.

Ash se montrait très soucieux de la santé de sa femme et des bébés mais, dès qu'elle essayait de s'adresser à lui sur un plan plus personnel, il se renfrognait et changeait de sujet de conversation.

Alors que de son côté, et à sa grande honte, Sophia souffrait de plus en plus du manque d'intimité avec son mari. A tel point qu'un sentiment d'insécurité ne la quittait pas.

Ash ne venait plus la rejoindre dans son lit. Il la rejetait de nouveau.

A vrai dire, elle se sentait partagée. D'un côté, la Sophia d'hier désirait savoir ce qu'il était advenu de l'harmonie sexuelle dont avait parlé Ash. De l'autre, la nouvelle Sophia se sentait bien trop protectrice envers les enfants qu'elle portait pour prendre le risque d'une confrontation susceptible de détruire le lien fragile qui l'unissait à leur père.

Elle avait grandi avec un père distant, qui avait rejeté toutes ses tentatives de rapprochement. Aussi ne pouvait-elle supporter la pensée que ses précieux petits puissent vivre la même chose. Heureusement, ils auraient leur mère, quoi qu'il arrive. Et puis Ash serait un bon père, il serait présent de mille autres façons, se dit-elle pour se rassurer. Et il se montrerait protecteur, Sophia n'en doutait pas un instant.

Ash arpenta nerveusement son bureau. Il s'était forcé à travailler tard en se disant que certains documents requéraient son attention immédiate. Mais, en réalité, il savait très bien que ç'avait été le seul moyen de tenir en respect les démons qui l'assaillaient.

C'était illogique, stupide, inacceptable, ce besoin constant d'être avec Sophia. Et pas seulement *d'être* avec elle, car Ash désirait… Il s'immobilisa en plissant le front. Il avait cru que, pour un homme de discipline comme lui, rester éloigné du lit de Sophia ne serait pas difficile. Que, de toute façon, il s'agissait d'une simple mesure de précaution.

Après tout, même si les étreintes qu'ils partageaient étaient fabuleuses, ce n'était *que* du sexe. Mais en fait, à chaque nuit passée loin d'elle, son désir trouvait de nouveaux moyens de le torturer.

Le simple souvenir du parfum de sa peau, de son souffle précipité tandis qu'il éveillait ses sens, les adorables petits gémissements de plaisir qui s'échappaient de ses lèvres entrouvertes… Tous ces souvenirs harcelaient Ash sans répit tandis qu'il essayait en vain de trouver le sommeil.

Comment une femme avait-elle pu prendre une telle emprise sur lui, en l'espace de quelques semaines ? Il avait désiré de nombreuses femmes avant elle. Mais certainement jamais autant qu'il désirait Sophia.

Ce constat était un avertissement, songea Ash. Et un test. Il devait se prouver qu'il était capable de dominer ses pulsions et de rester éloigné du lit de Sophia. En premier lieu, pour ne pas mettre sa grossesse en danger, d'autant qu'elle portait des jumeaux, mais aussi parce que, lorsqu'il coucherait de nouveau avec elle, il aurait retrouvé le contrôle total de ses émotions.

Dans ces conditions, pourquoi se dirigeait-il maintenant vers les appartements de sa femme ?

Au lieu de se coucher comme elle en avait d'abord eu l'intention, Sophia s'était ravisée et avait passé un peignoir sur sa chemise de nuit.

Ce n'était pas raisonnable. Après avoir passé tant de temps à se faire à l'idée de ce à quoi ressemblerait sa vie avec Ash, elle allait anéantir tous ses efforts en cédant à une impulsion irrationnelle.

Non, il ne s'agissait pas d'elle, se répéta Sophia en s'avançant vers la porte. Elle devait interroger Ash parce que, s'il se comportait avec leurs fils comme avec elle, ces derniers risqueraient d'en souffrir…

La main posée sur la poignée de la porte de la chambre de Sophia, Ash hésita un instant en sentant le dégoût s'emparer de lui. Alors qu'il laissait retomber son bras, la porte s'ouvrit et sa femme apparut devant lui.

Sophia s'immobilisa en écarquillant les yeux. Ash était venu la voir… Une telle joie l'envahit qu'elle lui prit le bras sans réfléchir avant de l'attirer dans la chambre.

Ash se laissa entraîner sans résister. Il lut un tel ravissement sur les traits de Sophia que tout dégoût de lui-même disparut aussitôt.

Elle n'avait pas pris le temps de nouer la ceinture de son peignoir si bien que, lentement, il baissa les yeux sur ses seins visibles sous le tissu presque transparent de sa chemise de nuit. Ils semblaient plus pleins, remarqua-t-il. Son cœur se mit à battre plus vite, de plus en plus vite, tandis que le désir rugissait en lui.

Ainsi, Ash était venu la rejoindre ! Et bientôt il la prendrait dans ses bras et l'emporterait dans leur lit, où ils retrouveraient leur merveilleuse intimité. Soudain, Sophia s'avoua que depuis que son mari ne venait plus la voir le soir elle vivait dans une sensation permanente de perte et d'abandon.

A présent qu'il était là, elle tremblait intérieurement et les larmes se pressaient sous ses paupières. C'étaient des larmes de soulagement. En effet, peut-être y avait-il tout de même de l'espoir pour le futur ? Puisque Ash était venu, en dépit de sa grossesse, cela signifiait qu'il ne la rejetait pas. En l'aimant, elle…

En l'aimant. Son cœur fit un bond dans sa poitrine tandis que la vérité la frappait soudain. Quand l'amour s'était-il insinué en elle ? Pour l'instant, elle n'était pas en état d'approfondir la question. Tout ce qui comptait, c'était la réalité aveuglante qui avait surgi devant ses yeux : elle aimait Ash. Ash, dont elle avait cru autrefois qu'il avait tué l'amour qu'elle lui portait en la rejetant cruellement le jour où elle s'était offerte à lui.

Elle aimait son mari, le père de leurs fils. Cette certitude l'aiderait à lutter, elle lui permettrait d'espérer… Or ils étaient mariés, et Ash avait juré de ne jamais laisser l'amour s'immiscer dans leur couple.

Mais, quand même, il était là… Il était venu vers elle.

Cette pièce contenait tout ce qui avait vraiment de la valeur dans son univers, se surprit à penser Ash. Il y avait là tout ce qu'il pourrait jamais désirer, tout ce dont il avait besoin, parce que Sophia s'y trouvait.

Quand il s'approcha d'elle, Sophia vit un éclat doré

luire au fond de ses yeux. Une chaleur, qui n'y avait jamais frémi auparavant.

— Ash…, murmura-t-elle.

Il était si près à présent qu'elle sentit son souffle lui caresser la peau.

— Ash… Je…

Ash cueillit les mots sur ses lèvres. Il la désirait tant que son corps brûlait littéralement. Il était resté trop longtemps loin d'elle, songea-t-il. Soudain, il sentit quelque chose céder en lui.

Enlaçant Sophia, il prit sa bouche avec frénésie, puis ses joues, son nez, tout son visage, tandis qu'elle creusait les reins en collant son corps au sien.

Ash se mit à caresser ses seins, si merveilleusement ronds, avec leurs pointes roses visibles sous la soie. Elle répondait si bien à ses caresses, laissant échapper de petits soupirs très excitants. Quand elle renversa la tête en arrière en fermant les yeux, il la souleva et l'emporta vers le lit.

Enivré par le goût de sa bouche, de sa peau, il laissa sa main descendre sur son ventre, avant de sentir le doux renflement sous sa paume. Ash frissonna et écarta sa main.

Egarée dans son plaisir, Sophia se demanda pourquoi Ash arrêtait brusquement de l'embrasser, puis se redressait et se détournait.

— Qu'y a-t-il ? l'interrogea-t-elle d'une voix tremblante. Qu'est-ce qui ne va pas ?

— Les jumeaux, répondit Ash d'une voix tendue.

Un immense dégoût de lui-même l'envahit de nouveau. Comment avait-il pu céder ainsi à son désir et prendre un risque qui aurait pu compromettre la santé des bébés, ainsi que le confort de Sophia ?

— Les jumeaux ? répéta Sophia avec difficulté.

Affreusement blessée par l'attitude de son mari, elle ramena les pans de son peignoir sur son buste et son ventre. Après avoir pris conscience de son amour pour lui, puis l'avoir vu apparaître dans sa chambre, le regard empli de désir et de passion, elle ne pouvait pas tolérer son rejet.

— Je ne…

Sophia n'était pas d'humeur à le laisser continuer.

— Tu ne me désires plus maintenant que je suis enceinte, c'est cela que tu veux dire ? l'interrompit-elle. Puisque je porte tes fils, tu n'as plus besoin de coucher avec moi, c'est ça ? Très bien. Mais où est passée cette harmonie sexuelle dont tu parlais, quand tu cherchais à me persuader de t'épouser, Ash ? A moins que tu ne me trouves plus désirable, à cause de ma grossesse ? En tout cas, je tiens à te dire que venir ainsi et… faire ce que tu as fait avant de me rejeter… eh bien, c'est indigne de toi. Et ton attitude est cruelle et injuste !

Les larmes menaçant de l'étouffer, Sophia s'interrompit, déterminée à ne pas les laisser jaillir. Ash lui tournait le dos, immobile comme une statue. Il l'ignorait, il la rejetait complètement. Parce qu'il ne voulait pas qu'elle fasse partie de sa vie. Parce qu'il ne l'avait jamais voulu et ne le voudrait jamais.

Cette fois, c'était trop dur à supporter.

— M'as-tu jamais désirée, Ash ? Ou as-tu fait semblant ?

— Non, je ne faisais pas semblant.

Les mots avaient jailli du plus profond de lui-même avant qu'il ne puisse les refouler.

— Bien sûr que je te désirais, dit-il en se retournant vers Sophia.

Il la désirait *maintenant*. Il voulait la prendre, lui démontrer qu'elle se trompait. Mais il devait penser aux jumeaux avant de céder à lui-même.

— Mais tu ne m'as pas approchée depuis des semaines…, balbutia-t-elle. Et tout à l'heure…

— Je pensais aux jumeaux et à toi. Je ne voulais pas…

Ash déglutit avec peine.

— Je ne voulais pas prendre le risque de leur faire du mal ni… ni à toi. Tu es si fine… et tu portes deux bébés.

Sophia sentit une énorme boule se nicher dans sa gorge. Ash était sincère. Mais pourquoi ne s'était-il pas expliqué plus tôt ?

— Je suis une femme, Ash. Je suis faite pour porter tes fils sans problème. Et tu sais, être enceinte n'empêche pas de faire l'amour.

— Je préférais ne prendre *aucun* risque.

Sophia comprit ses craintes. Et qu'en plus il n'avait pu lui en parler parce qu'il était incapable d'exprimer ses émotions.

D'un coup, toutes ses propres peurs refirent surface. S'il ne pouvait exprimer ses émotions, comment pourrait-il témoigner de l'affection à ses fils ? Il les tiendrait à distance, par crainte de ne savoir gérer ce qu'il ressentait pour eux.

Une expression de tristesse infinie envahit les traits de Sophia.

— Qu'y a-t-il ? demanda Ash.

— Je sais ce que représentent les jumeaux pour toi, Ash, mais je crains qu'eux ils n'aient jamais aucune chance de le savoir. Parce que tu seras incapable de leur montrer ou de leur dire combien ils comptent pour toi. J'ai peur que tu gardes tes distances avec eux, comme tu le fais avec moi. Je sais combien il est douloureux d'avoir un père perpétuellement indifférent, crois-moi. Ce que c'est que de se sentir rejeté par lui. Un enfant ne peut pas deviner que, si son père se comporte ainsi, c'est parce qu'il est incapable de montrer ses émotions, ses sentiments.

Elle redressa les épaules.

— Je veux que nos fils connaissent le vrai Ash, celui que j'ai connu autrefois, le Ash heureux que j'aimais tant. Mais je crains qu'ils ne le voient jamais, parce que tu l'as emprisonné au plus profond de toi et que tu ne lui laisseras jamais la liberté de profiter de ses enfants et de les aimer.

Chacune des paroles de Sophia produisait un violent choc en Ash. Il avait l'impression que des verrous cédaient les uns après les autres, qu'il se trouvait entraîné inexorablement au cœur d'un labyrinthe où l'attendait une vérité incontournable.

Il ne pouvait pas supporter d'être l'homme que Sophia venait de décrire. Un individu qui, même s'il aimait ses enfants, ne pourrait pas le leur montrer. Un mari qui désirait follement sa femme, qui avait un besoin vital d'elle, mais qui devenait une espèce d'infirme dès qu'il s'agissait de l'exprimer.

— Sophia !

Ash eut l'impression que son prénom lui avait été arraché du cœur par une force inconnue. Le pas mal assuré, il se dirigea vers elle. Et, quand il lui prit les mains, il sentit un violent tremblement le parcourir de la tête aux pieds.

— Je te promets que je serai le père que tu désires pour nos fils. J'essaierai d'être le Ash dont tu as gardé le souvenir. Ils ne douteront *jamais* de mon amour.

— Ash…

— Quant à ne pas te désirer…

Il l'embrassa avec une telle douceur, une telle tendresse que Sophia ne douta plus de son désir pour elle.

— Je ne veux pas te faire de mal, ni aux bébés, chuchota-t-il.

— Il n'y a aucun risque, je t'assure. Nous ferons attention, nous nous y prendrons délicatement, lentement, et…

Le frisson qui ébranla Ash fut plus éloquent que toute parole. Mais quand il la déshabilla avec des mains tremblantes, avant de contempler son corps nu avec vénération, ce fut au tour de Sophia de trembler.

Et cette fois, lorsque Ash posa la main sur son ventre, il y eut une délicatesse incroyable dans son geste. Il établissait un contact avec ses enfants, comprit Sophia, tandis que la chaleur de sa paume diffusait en elle une sensation merveilleuse. Elle se sentit protégée, choyée.

Mais Sophia désirait davantage de son mari, son corps réclamait ses caresses.

Comme s'il l'avait deviné, Ash laissa glisser sa main vers l'endroit le plus secret où pulsait son désir.

Ash... Elle l'aimait tant ! Soudain, son amour sembla déborder de son cœur et les larmes roulèrent sur son visage sans qu'elle tente de les retenir.

Quand il s'aperçut qu'elle pleurait, Ash se reprocha aussitôt de s'être montré trop brutal, en dépit de toutes ses précautions.

— Qu'y a-t-il ? fit-il d'une voix inquiète.

— J'ai peur, Ash, avoua Sophia. Parce que je suis de nouveau tombée amoureuse de toi... Et parfois je me demande comment je vais pouvoir assumer cela, puisque je sais que tu ne veux pas de mon amour.

Cette fois, Ash comprit que les toutes dernières pierres du mur qu'il avait érigé autour de ses émotions venaient de s'effondrer. Puis il vit une larme rouler sur le visage de Sophia, suivie d'une autre.

Lui qui n'avait jamais été capable de s'apitoyer sur ses propres souffrances, d'exprimer son propre chagrin s'émouvait désormais de la souffrance qu'il avait infligée à Sophia. La voir pleurer lui était insupportable.

Et il en était le seul responsable.

— Je désire ton amour, Sophia, dit-il d'une voix sourde, plus que tout au monde. Et je te désire plus que je n'ai jamais désiré quiconque de toute ma vie. Je le sais depuis des semaines, même si je me suis acharné à le nier. Tu dis que tu as peur, eh bien, j'ai eu peur, moi aussi, peur de reconnaître que tu représentais tout pour moi. Tellement peur que je ne pouvais même pas reconnaître ma peur. C'était plus facile de faire comme si elle n'existait pas. Je savais ce qui m'arrivait, mais j'ai essayé de lutter contre, je t'ai repoussée, pour me punir d'éprouver ce que je ressentais pour toi.

— C'est vrai ? murmura Sophia. Tu m'aimes vraiment ?

La crainte qui se lisait dans ses beaux yeux déchira le cœur de Ash.

— Oui, ma chérie. Je t'aime. Et je compte bien passer le reste de ma vie à te prouver combien tu m'es précieuse. Mais tu vas devoir m'aider, Sophia. Je commettrai beaucoup d'erreurs et j'aurai besoin de toi pour m'apprendre à vous aimer, toi et nos enfants, comme vous le méritez.

— Je le promets. Je t'aiderai tous les jours, mon amour.

A cet instant, un léger frémissement parcourut Sophia, suivi d'un autre.

Elle laissa échapper un soupir et posa de nouveau la main de Ash sur son ventre.

— Tu les sens ? murmura-t-elle. Nos fils se manifestent pour nous dire qu'ils sont contents de leurs parents.

Et, quand Ash pencha la tête pour embrasser son ventre, elle comprit qu'en matière d'apprentissage son mari allait se révéler un excellent élève.

Epilogue

Ils avaient raison, avait reconnu Sophia. Elle aurait préféré aller jusqu'au terme de sa grossesse et accoucher de façon naturelle, mais elle devait se ranger à l'avis des spécialistes.

Pas tant parce que le Dr Kumar et l'obstétricien qu'il avait fait venir de Bombay insistaient pour procéder dès maintenant à une césarienne — par sécurité, avaient-ils expliqué, parce que les bébés devenaient trop gros.

Elle accepterait la césarienne à cause de la peur qu'elle avait surprise dans les yeux de Ash.

Certes, il avait affirmé que la décision lui appartenait, mais elle avait compris qu'il était dévoré par une anxiété sans nom. Et la nuit précédente, après que l'équipe médicale eut donné son avis, elle s'était réveillée et avait surpris son mari en train de faire les cent pas dans la chambre. Quand elle l'avait interrogé, il avait reconnu qu'il était terrifié à l'idée de la perdre.

— Nasreen est morte parce que je ne me suis pas soucié d'elle. Et maintenant j'ai une peur épouvantable de te perdre parce que je t'aurais trop écoutée.

Il n'avait pas ajouté que ç'aurait été là son châtiment, mais Sophia avait compris ce qu'il avait voulu dire. Aussitôt, elle avait décidé qu'elle ne pouvait pas le faire souffrir jusqu'au terme de sa grossesse.

Aussi se trouvait-elle maintenant à la clinique, tandis

que Ash arpentait de nouveau la pièce d'un pas nerveux. Autour d'eux, le personnel préparait l'accouchement.

— Vous avez pris la décision la plus raisonnable, dit l'obstétricien. Il reste encore trois semaines jusqu'au terme de votre grossesse et les jumeaux sont déjà si gros que je ne serais vraiment pas tranquille, pour eux autant que pour vous.

Sophia hocha la tête et prit la main de Ash, qui se tenait à côté du lit.

— Je t'aime tant ! lui murmura-t-il à l'oreille en resserrant les doigts autour des siens.

Quelques instants plus tard, le premier, puis le second de leurs fils vinrent au monde, avant d'être présentés à leurs parents.

Lorsque Sophia vit l'expression de Ash, tandis qu'il tenait l'un, puis l'autre bébé, avant de les déposer avec douceur entre ses bras, elle n'eut plus aucune crainte : leurs fils profiteraient pleinement de l'amour de leur père.

Tous trois formeraient un trio soudé par leur sexe et, quand les jumeaux grandiraient, elle se sentirait parfois exclue en tant que femme, mais le lien qu'elle et Ash partageaient était si puissant que rien ne pourrait les séparer.

— Je te promets d'être le père que tu désires pour eux, Sophia, dit Ash avec tendresse. Et le mari aimant dont tu as tant rêvé autrefois et que tu mérites.

La couronne de
SANTINA

*Tournez vite la page et découvrez,
en avant-première, un extrait du deuxième roman
de votre saga Azur, à paraître le 1er mai...*

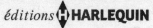

— Alors, pourquoi as-tu cherché à entrer en contact avec moi ? demanda-t-il d'un ton détaché.

Sa question directe ramena brutalement Ella à la réalité.

— Tu ne t'en doutes pas ? répliqua-t-elle, le cœur battant à tout rompre dans sa poitrine.

— Je peux imaginer toutes sortes de raisons…

Hassan planta ses yeux dans les siens tandis que les souvenirs de leur étreinte brûlante se bousculaient dans sa mémoire. Il s'était abandonné à de tels transports avec elle qu'à un moment donné il avait craint de se perdre.

— Oh…, murmura-t-elle.

— Par exemple, que le souvenir de nos ébats torrides t'aurait peut-être donné envie de renouveler l'expérience, dit-il lentement. Si c'était le cas, je ne pourrais pas te le reprocher.

Ella fut atterrée par la réaction instantanée de son corps aux paroles provocatrices de Hassan. Et encore plus atterrée devant l'arrogance de celui-ci.

— J'essaie de ne jamais commettre la même erreur deux fois, Hassan. As-tu d'autres suppositions ?

A ces mots, Hassan sentit un vide sournois envahir son cerveau. Puis il pensa aux gens qui se forçaient à imaginer le pire scénario, dans l'espoir qu'il ne se réaliserait jamais. Peut-être qu'en énonçant la pire éventualité à voix haute…

149

— Se pourrait-il que notre égarement passager ait eu des conséquences fâcheuses plus graves que nos regrets ?

Ella le dévisagea en silence. Il ne lui facilitait vraiment pas la tâche.

— Quelle subtilité dans ta façon de t'exprimer…

Le fait qu'elle ne réfute pas ses paroles déstabilisa Hassan, mais il garda son calme. Comme le jour où quelqu'un lui avait posé un couteau sur la gorge. Il avait alors cru ses derniers instants venus mais, finalement, il n'en était pas mort, n'est-ce pas ?

— C'est parce que je *suis* un homme insensible, Ella. Et je n'aime pas les devinettes. Va droit au but !

Ella rassembla tout son courage.

— Notre… aventure nous a laissé… ou, plus exactement, *m'a* laissé…

Elle s'interrompit, cherchant ses mots. Il ne cilla pas.

— Je suis enceinte, Hassan, lâcha-t-elle enfin.

Hassan déglutit avec peine, puis se souvint du moment où la lame du couteau avait entaillé sa peau. En fait, il ne s'était agi que d'un avertissement, pas d'une tentative de meurtre. Et ensuite la plaie avait cicatrisé. Tandis que ceci…

Il s'avança d'un pas vers Ella, les yeux rivés aux siens.

— Mais pas forcément de moi…

— Bien sûr que si, voyons !

— Comment peux-tu l'affirmer avec une telle certitude ? riposta-t-il.

Le sang pulsait à ses tempes, le rendant presque sourd.

— J'ai connu beaucoup de femmes insatiables mais, crois-moi, tu les surpasses toutes, poursuivit-il, implacable. Tu ne t'es pas fait prier pour venir dans mon lit, c'est le moins que l'on puisse dire… Alors, je suis en droit de m'interroger, reconnais-le : tu montres peut-être le même zèle avec un homme différent chaque soir ?

Ses paroles faisaient mal, et il cherchait délibérément

à la blesser, c'était évident. Mais Ella n'en montra rien. Au contraire, elle s'ordonna de rester calme plutôt que de céder à ses émotions — n'était-ce pas ce qu'elle faisait, depuis toujours ?

Et puis pouvait-elle vraiment blâmer Hassan de se poser des questions, alors qu'en effet elle s'était conduite de façon totalement débridée ?

Par ailleurs, elle comprit que sa réaction était due au choc que lui avait causé la nouvelle. Il avait peur sans doute. Quel homme aurait sauté de joie en apprenant qu'une totale étrangère était enceinte de lui ? Hassan pensait sans doute qu'elle essayait de lui forcer la main, qu'elle voulait le contraindre à l'épouser ou à s'engager avec elle. Il était si arrogant…

— Je ne couche pas avec n'importe qui, dit-elle d'une voix posée. Mais bien sûr tu es libre de ne pas me croire.

— Dois-je comprendre que tu aurais fait une exception pour moi ?

— Ne fais pas le modeste, Hassan. Je suis sûre que *beaucoup* de femmes ont fait une exception pour toi.

Stupidement, cette simple pensée lui était douloureuse. Pourquoi ne supportait-elle pas de l'imaginer au lit avec une autre ? Ella inspira à fond avant de reprendre la parole.

— Je comprends que cette nouvelle te cause un choc…

— Oh ! Tu as le sens de l'euphémisme ! l'interrompit-il d'un ton moqueur.

Recourir à l'ironie était plus facile que d'admettre qu'elle avait raison, reconnut Hassan. Et de songer qu'à cet instant même, alors qu'elle se tenait devant lui dans sa robe de soie bleue, avec sa bouche pulpeuse entrouverte, *son* enfant grandissait dans son sein.

— Je veux que tu saches que j'envisage de garder cet enfant et de… de l'aimer.

Voyant une moue de dérision se dessiner sur ses lèvres, Ella ajouta vivement :

— Et je ne te demande rien.

A ces mots, il éclata d'un rire bref et cynique.

— Ce serait vraiment une première ! Et dans ce cas, pourquoi avoir pris la peine de me le dire ?

— Parce que tu es le père et que j'estimais de mon devoir de te mettre au courant.

Devoir. Hassan se figea tandis que ce mot résonnait dans son esprit.

Ne manquez pas, dès le 1er mai

FIANCÉE À SON ENNEMI, *Lindsay Armstrong* • N°3346

Trahison. Aux yeux de Kim, il n'y a pas d'autre mot pour décrire ce que Reith Richardson vient de lui faire subir. Car alors qu'elle pensait vivre avec lui une merveilleuse histoire d'amour, elle vient de découvrir qu'il ne l'a séduite que pour mieux la manipuler. Pourquoi, sinon, lui aurait-il caché qu'il était le nouveau propriétaire de Saldanha, le domaine où elle a grandi et que ses parents ont été contraints de vendre ? Mais il y a pire : l'odieux marché que Reith lui propose. Si elle accepte de l'épouser, et seulement à cette condition, elle pourra récupérer son héritage…

AMOUREUSE DE DIEGO ACOSTA, *Susan Stephens* • N°3347

Afin d'être engagée pour organiser le prestigieux gala annuel de la famille Acosta, Maxie a décidé de cacher à tous la vérité sur sa famille. Qui, en effet, voudrait employer la fille d'un escroc notoire ? Mais lorsque sa mission la met en présence du séduisant Diego Acosta, Maxie comprend que les choses vont devenir beaucoup plus compliquées pour elle, tant les sentiments que cet homme lui inspire sont intenses. Si intenses qu'une nuit, elle finit par céder à l'appel irrésistible de la passion. Un moment d'égarement qu'elle regrette aussitôt. Car désormais, si Diego vient à découvrir son secret, ce n'est plus seulement sa carrière qu'il pourrait briser, mais aussi son cœur…

LA CAPTIVE DU MILLIARDAIRE, *Abby Green* • N°3348

Face au regard peu amène du ténébreux Rocco de Marco, Gracie sent la panique l'envahir. Car le milliardaire italien, convaincu qu'elle lui a volé une importante somme d'argent, a décidé d'exercer sur elle un odieux chantage : tant qu'elle ne lui aura pas rendu ce qu'elle lui a dérobé, il ne la laissera pas quitter son appartement. Révoltée, Gracie n'entend pas céder sans combattre devant cet homme, aussi puissant soit-il. Mais c'est compter sans les sentiments ambigus qu'il lui inspire, bien malgré elle…

UN BOULEVERSANT TÊTE-À-TÊTE, *Caitlin Crews* • N°3349

Drusilla ne supporte plus l'indifférence froide que lui témoigne son patron, Rafael Vila, alors même qu'elle l'aime en secret depuis bientôt cinq ans. Aussi décide-t-elle de démissionner pour prendre un nouveau départ loin de cet homme et des regrets qu'il lui inspire. Sauf qu'avant de se séparer d'elle, Rafael exige qu'elle effectue une dernière mission, et qu'elle l'accompagne pour un voyage d'affaires à Bora-Bora. Une exigence à laquelle Drusilla cède bientôt, sans pouvoir empêcher un espoir fou de renaître dans son cœur. Dans ce cadre idyllique, loin de tout, peut-être pourra-t-elle enfin toucher le cœur de son trop séduisant patron ?

UNE SI TROUBLANTE INVITATION, *Elizabeth Power* • N°3350

En parvenant à s'introduire dans l'entourage des Clayborne, qui l'ont invitée chez eux sans savoir qui elle était vraiment, Lorrayne pense avoir enfin l'occasion de venger son père. La vie et la carrière de celui-ci n'ont-elles pas été brisées par cette puissante et arrogante famille ? Mais une fois sur place, elle se heurte très vite à l'attitude hostile et méfiante de King, le séduisant héritier du clan. King, dont Lorrayne aurait toutes les raisons de se méfier mais pour qui elle ne peut s'empêcher d'éprouver de l'attirance. Une attirance si intense qu'elle menace de réduire à néant son projet secret...

LA PROMESSE VOLÉE, *Maisey Yates* • N°3351

Face à Eduardo Vega, aussi séduisant et ombrageux que dans son souvenir, Hannah reste muette de stupeur. Car cinq ans après leur séparation, il vient de lui annoncer qu'il était toujours son époux. Et pour couronner le tout, il exige qu'elle revienne vivre avec lui, à Barcelone ! Pourquoi, après toutes ces années, revient-il aujourd'hui vers elle ? Révoltée par l'attitude arrogante d'Eduardo, Hannah pense d'abord lui opposer une fin de non recevoir. Sauf que, aujourd'hui comme autrefois, Eduardo a les moyens de faire voler en éclats la vie qu'elle s'est construite...

UN MARIAGE DANS LE DÉSERT, *Susanna Carr* • N°3352

Derrière le voile qui lui dissimule le visage, Zoe ne peut détourner le regard du profil aristocratique et sévère de Nadir, prince de Jazaar. Après l'avoir dépouillée de son héritage et traitée en esclave, son oncle la marie maintenant de force à ce cheikh qu'elle n'a jamais vu de sa vie. Une situation désespérée qui ranime pourtant en Zoe une lueur d'espoir. Et si elle tenait enfin une occasion de s'enfuir de ce royaume et de recouvrer sa liberté ? Surtout si, comme elle l'espère, Nadir l'emmène avec lui dans un de ses déplacements à l'étranger. Mais en attendant qu'une telle occasion se présente, elle doit endormir la méfiance de son époux et, comme l'exige la tradition, s'efforcer de satisfaire tous ses caprices...

UNE IMPLACABLE REVANCHE, *Chantelle Shaw* • N°3353

Sous le regard noir et troublant de Thanos Savakis, Tahlia retient à grand peine des larmes de frustration et d'indignation. S'il consentait à l'écouter, il verrait qu'elle n'est pas celle qu'il imagine – une femme sans morale prête à tout pour briser le mariage et la carrière de sa jeune sœur. Et peut-être renoncerait-il à se venger en causant la faillite de Reynold's Gems, l'entreprise dans laquelle les parents de Tahlia ont investi tout ce qu'ils possèdent. Mais à quoi bon le supplier ? Le milliardaire grec n'est-il pas réputé pour être impitoyable ? Pourtant, contre toute attente, celui-ci lui fait bientôt une surprenante proposition : il épargnera sa famille si elle accepte d'être sa maîtresse pendant un mois…

LE CHANTAGE D'UN HOMME D'AFFAIRES, *Lynne Graham* • N°3354

- Les héritières rebelles - 3ème partie

Enceinte ! Ainsi, voilà que quelques heures de passion dans les bras de Navarre Cazier — un moment de folie qu'elle regrette amèrement —, vont bouleverser toute sa vie… Partagée entre le bonheur et l'angoisse, Tawny sait qu'elle n'a pas le choix : elle doit annoncer à Navarre qu'elle attend un enfant de lui. Mais la réaction de celui-ci, qui exige qu'elle l'épouse, la laisse sans voix. Car si elle pressent qu'elle commettrait une terrible erreur en acceptant de lier son sort à celui de cet homme froid et impitoyable — dont un seul regard suffit pourtant à la faire frissonner —, elle sait aussi qu'elle n'a pas le droit de refuser à son enfant la vie qu'elle ne pourra jamais lui offrir…

L'ENFANT SECRET DU CHEIKH, *Sharon Kendrick* • N°3355

- La couronne de Santina - 2ème partie

Ella est désespérée. Alors qu'elle fait tout, depuis deux mois, pour oublier le cheikh Hassan Al Abbas et la folle nuit de passion qu'elle a vécue entre ses bras, elle vient d'apprendre qu'elle est enceinte… Alors que la panique menace de la submerger, Ella se résout pourtant à annoncer cette incroyable nouvelle à cet homme qui, après l'avoir séduite, a disparu à l'aube, sans daigner lui donner un seul mot d'explication. Comment réagira Hassan, qui n'éprouve visiblement que du mépris pour elle, quand il saura qu'elle attend un enfant de lui — son héritier ?

Attention, numérotation des livres pour
le Canada différente : numéros 1799 à 1804.

www.harlequin.fr

Composé et édité par les

éditions **HARLEQUIN**

Achevé d'imprimer en mars 2013

La Flèche
Dépôt légal : avril 2013
N° d'imprimeur : 71839

Imprimé en France